Cris Jerel

L'Univers d'Ildaran

Cycle de l'héritier - Volume 2

ISBN 979-10-95650-09-6

© Troisième édition, 2nd trimestre 2016.

Chapitre 1

Sarian, installé dans l'un des canapés violets du lobby, pensait encore à Rliostem et Klosteran à bord du Randor. Ils allaient bientôt devoir collecter de la matière noire pour la transformer en énergie *Kin*. C'était une phase critique pour le petit appareil qui allait illuminer les détecteurs des impériaux dès que le captage serait enclenché. Ensuite, tout dépendrait de la vitesse de réaction de l'adversaire.

Quelle que soit l'issue de cette tentative, Sarian espérait que la pression retombe un peu. Avec le temps, les recherches actives devraient peut-être cesser et laisser quelques années de répit à Paul pour atteindre ses pleines capacités psychiques et physiques. La faille de cette stratégie, c'est qu'il ne disposait plus que d'un petit glisseur capable d'évoluer dans l'atmosphère et en orbite proche. Il leur faudrait peut-être attaquer la base impériale et s'emparer de leur croiseur. Pas simple d'autant que l'appareil était stationné sur la face cachée de la lune et ne se posait jamais sur terre. De plus, les impériaux disposaient de plusieurs glisseurs militaires, beaucoup plus puissants que leur propre appareil …

Tout à ses pensées, Sarian observait Oria et Darin, installés sur un canapé voisin. Vira était parti faire un tour de reconnaissance autour de l'hôtel au cas où il faudrait quitter les lieux rapidement. Sans connaître leurs pensées, le chef de la garde Verakin imaginait qu'ils devaient songer, comme lui, à leurs deux camarades dans l'espace. La base de Dordogne n'avait pas détecté de lancement de disques-torpilles, mais cela ne signifiait pas que le Randor soit sorti d'affaire.

Irias semblait, comme toujours, imperméable à son environnement. Sarian ne le connaissait pas vraiment malgré ces dix-sept années terrestres passées ensemble. L'homme à l'allure aristocratique restait toujours mystérieux. Sarian savait uniquement qu'il servait la famille Verakin depuis plusieurs siècles terrestres et qu'il était d'une fidélité indéfectible. C'est d'ailleurs pour cette raison qu'il l'avait autorisé à suivre Ishar lors de leur fuite d'Ildaran Prime. L'homme semblait assoupi, mais Sarian savait qu'il n'en était rien, car, même s'il n'était pas un combattant, il disposait, comme eux, de Nanocrytes de type six. Personne ne savait pour quelle raison l'Empereur Verakin avait autorisé un intendant à être amélioré avec un tel pack. Sarian avait souvent voulu lui poser la question, mais il devinait qu'Irias ne lui répondrait pas. Il s'était accommodé de ce statu quo et le temps avait passé. Aujourd'hui ses interrogations lui revenaient et peut-être que la situation rendrait Irias plus disert sur son passé. Paul ne manquerait certainement pas de lui poser des questions sur son père. Oria en savait peut-être plus, étant une Verakin éloignée, mais, si c'était le cas, elle ne s'en était jamais ouverte à lui.

Les pensées de Sarian dérivèrent vers des aspects plus militaires et il regrettait de ne pas disposer de plus de données sur les moyens de défense mis en place par l'Empire dans ce système solaire. En quittant Ildaran Prime, ils n'avaient pas pu prendre le risque de collecter d'informations sur la base terrestre. Toutes les communications avaient été interrompues et une requête à la gigantesque base de données impériale avec un code prioritaire n'aurait pas manqué d'être repérée.

Sarian avait laissé son esprit vagabonder, mais n'avait pas, pour autant, relâché sa vigilance. Il surveillait machinalement toutes les personnes circulant dans le hall de l'hôtel. Un drôle de couple traversa le lobby en direction de la piscine et Sarian ne put s'empêcher de sourire intérieurement. L'homme et la femme étaient habillés de couleurs vives et il les imaginait déjà, dévalisant les boutiques locales en costumes folkloriques accompagnés de leur petit chien ridicule. En les suivant des yeux, son regard croisa celui d'Oria qui avait également remarqué le couple et esquissait un sourire.

Sarian songea, avec un peu d'amertume, qu'il aurait été plus agréable d'être là en vacances paisibles avec sa femme. Il ne l'avait pas revue depuis son départ d'Ildaran Prime et craignait que la Sécurité Impériale ne s'en soit prise à elle. Il n'avait malheureusement pas eu le loisir de pouvoir la faire monter à bord lors de leur départ précipité. Il pensa également à ses deux enfants, déjà adultes, et espéra qu'ils avaient réussi à se consoler de sa disparition. Ils ne savaient pas s'il était mort ou captif et cela devait être terrible à vivre.

Darin et Oria étaient célibataires et n'entretenaient que des relations épisodiques, ils avaient moins souffert de l'isolement. Ils semblaient même avoir eu quelques aventures avec des terriens. Deux autres membres de l'équipe de Sarian avaient une famille et ils avaient eu plusieurs fois l'occasion d'en discuter entre eux. Tous voyaient en Paul le moyen de revenir sur Ildaran Prime et l'occasion de revoir leurs proches, même s'ils savaient que le chemin était encore long et semé d'embûches.

Cet intermède fut bref et les pensées de l'homme se focalisèrent de nouveau sur des préoccupations plus actuelles.

Oria attira son attention et il tourna la tête vers le bureau d'accueil de l'hôtel. La jeune réceptionniste leur indiqua que les autres chambres étaient finalement prêtes plus tôt que prévu. Elle leur remit leurs clés respectives et les quatre Ildarans purent aller se reposer un peu.

Il restait une vingtaine de minutes avant l'heure fixée pour se rendre à Funchal et le chef des gardes de Paul en profita pour prendre une bonne douche chaude.

Il sortit de sa chambre, en parfaite coordination avec Oria et Darin, qui avaient également dû se doucher, car ils avaient encore les cheveux mouillés.

Sarian frappa doucement à la porte de Paul, mais celui-ci n'ouvrit pas la porte.

- Qui est là ? demanda une voix derrière la porte.

- C'est Sarian. Tu as raison de ne pas ouvrir directement, on ne sait jamais. Répondit-il alors que la porte s'entrebâillait sur l'adolescent.

- Tu n'as pas arrêté de nous dire que nous étions en danger alors je suis méfiant, déclara l'adolescent, l'air sérieux.

- Mais c'est parfait. Allons voir si tes amis sont dans le même état d'esprit, sourit Sarian.

Mélanie et Alex devaient être plus insouciants ou ils étaient occupés à autre chose, car la voix parvint du milieu de la chambre.

- J'arrive, cria Alex.

Un bruit de chute se fit entendre qui mit instantanément Oria et Sarian sur leur garde et la porte s'ouvrit sur Alex encore ébouriffé.

- Tout va bien ? lança Paul un peu inquiet.

- Pas de panique, on chahutait avec Mélanie, fit Alex avec un sourire jusqu'aux yeux.

- Oh ! Fausse alerte. On part pour Funchal, vous nous rejoignez dans le hall ? répondit Paul compréhensif.

- OK on arrive dans deux minutes, lui lança Mélanie du fond de la chambre.

En effet moins de cinq minutes plus tard, les deux jeunes sortirent de l'ascenseur et le petit groupe se dirigea vers le parking. Deux monospaces Ford les attendaient et, le temps de se répartir dans les deux véhicules, ils étaient en route vers Funchal, la capitale de l'île portugaise. Irias et Vira avaient préféré rester à l'hôtel, car ils n'avaient besoin de rien.

Sarian avait pris le volant du premier monospace dans lequel étaient installés Oria, Paul et Stéphanie. Le second Ford était piloté par Darin bien qu'Alex, qui avait passé son permis de conduire deux mois auparavant, aurait bien aimé conduire, mais Sarian préférait avoir un conducteur expérimenté en cas d'ennuis. Ils n'étaient pas en villégiature et le danger restait omniprésent.

Le choix du Calheta Beach avait pris en compte l'accès portuaire de l'hôtel et sa situation le long de la nationale 101 qui desservait directement la capitale de l'île portugaise. Madère est une petite île très montagneuse, mais l'infrastructure routière y est largement développée avec, notamment, des tunnels routiers très nombreux. Les deux véhicules longèrent la côte jusqu'à Ribeira Brava, l'une des rares plages naturelles de l'île. La 101 bifurquait dans les terres pour emprunter les plus longs tunnels de l'île et les viaducs sur lesquels passait la voie rapide. L'île avait subi une grave inondation, quelques années auparavant, après des pluies torrentielles qui avaient engendré de nombreuses coulées de boues dans les villes et détruit de nombreux bâtiments. Certaines traces étaient encore bien visibles.

Après une trentaine de minutes de voiture sur la nationale assez peu fréquentée, malgré les vacances scolaires dans plusieurs pays européens, les deux monospaces bifurquèrent dans un tunnel vers la sortie en direction de Funchal et s'engagèrent sur la ER 103. Celle-ci les menait directement dans le centre-ville vers la rue Visconde De Andia où se trouvait un centre commercial. Ils y trouvèrent de nombreuses boutiques et des vêtements à leur taille. Sarian avait insisté sur l'aspect confortable et les adolescents purent se faire plaisir en faisant du shopping sans trop regarder à la dépense. Mariq était en effet arrivé avec une valise pleine d'euros en liquide et visiblement l'argent n'était pas un sujet de préoccupation pour le groupe. Sarian était beaucoup plus inquiet à l'idée de laisser des traces de leur passage avec des paiements électroniques ou sur les enregistrements des caméras de vidéosurveillance. Le premier investissement avait d'ailleurs été des casquettes aux couleurs de Madère pour tout le monde, afin de dissimuler au mieux les visages. Paul et Oria avaient eu droit, en plus, à des lunettes de soleil pour masquer la couleur de leurs yeux.

L'achat de vêtements pratiques et confortables pour les quatre jeunes fut expédié rapidement et Paul songea, un instant, au contraste avec toutes les séances shopping de Stéphanie dans Paris. Elle avait été, comme Mélanie, plutôt raisonnable et les essayages avaient été raccourcis au maximum, néanmoins il était déjà l'heure de déjeuner et toute la troupe se dirigea vers le rivage et le téléphérique tout proche.

Il faisait bon en cette saison, car l'île portugaise bénéficiait d'un climat tempéré exceptionnel et marcher dans Funchal était agréable malgré l'inquiétude sourde liée à l'incertitude de leur situation. Paul songea à ses parents qui devaient les croire en train de visiter Marrakech, et cela le fit curieusement sourire. Stéphanie s'en aperçut et voulut en connaître la raison, mais il réussit à éluder, ne souhaitant pas raviver la polémique sur leur fuite.

Les restaurants étaient très nombreux et il fut facile de trouver une table pour sept. Ils furent unanimement attirés vers un restaurant à la façade blanche et lit de vin encadré par des volets vert sapin. Le restaurant O Tapassol était une bonne table de la capitale de Madère avec quelques spécialités comme le Porc farci aux griottes et aux pruneaux, mais possédait également une excellente carte de produits de la mer avec du poisson pêcheur, de l'épée, des calamars ou de la pieuvre.

Malgré le fait qu'ils n'aient pas réservé, ils purent s'installer à une table dans la véranda qui donnait côté océan, sur un petit jardin.

Le décor était simple avec des tables recouvertes de nappes jaunes sur fond vert et des chaises en osier, mais la carte paraissait alléchante.

Ce fut d'ailleurs un déjeuner plutôt plaisant qui leur fit un peu oublier la situation dans laquelle ils se trouvaient depuis leur fuite de Marrakech. Personne n'aurait pu imaginer, en les observant, que le groupe était pourchassé, car les adolescents semblaient détendus et même Sarian appréciait ce moment de répit.

Oria souriait et sa beauté rendit Stéphanie un peu jalouse. Paul s'était beaucoup rapproché de la jeune femme qui, bien que plus vieille que les parents du jeune homme, paraissait à peine vingt-cinq ans dans cette ambiance détendue.

- Alors qu'allons-nous faire maintenant ? demanda Paul rassasié et légèrement euphorique après avoir bu un peu de vin. Ses Nanocrytes s'employaient déjà à contrer les effets de l'alcool, mais, pour l'heure, il se laissait bercer par une douce griserie.

- Nous attendons de savoir si notre aviso a pu quitter le système solaire et faire diversion. Répondit la jeune femme à la place de Sarian, gêné à l'idée que deux de ses hommes risquaient leurs vies pendant qu'ils partageaient un bon repas.

Mais Paul voulait maintenant être associé pleinement aux décisions et il n'acceptait plus de se voir forcer la main par Sarian ou par les évènements, sans donner son avis.

De guerre lasse, l'homme leur expliqua donc la situation, ce qui eut un effet coupe-faim sur les desserts.

- Nous allons donc attendre ici que votre appareil soit détruit ou parvienne à s'échapper ? Et ensuite ? s'enquit Stéphanie qui percevait Paul très impliqué. Elle lui tenait la main et l'avait senti se crisper au fur et à mesure des explications de Sarian.

- Si le Randor s'échappe, les impériaux penseront naturellement que Paul était à bord : de quoi instiller le doute et relâcher la pression sur les recherches. Les impériaux ne pourront s'empêcher de penser que Paul a fui ou est mort et cela devrait grandement atténuer leur détermination. Compléta Sarian. Il précisa, directement à l'intention de Paul, que la mission du Randor était d'atteindre une planète, hors du périmètre de l'Empire, et de trouver des partisans fidèles à la famille Verakin.

Il n'ajouta pas : s'il en reste, mais y pensa avec une certaine angoisse.

- Et que va-t-il se passer pour nous ? demanda Stéphanie.

- Paul va commencer sa formation afin d'être prêt à relever les défis qui l'attendent et vous serez libres de partir, mais pas immédiatement lâcha Oria, du bout des lèvres.

- Mais pourquoi ? Si vos ennemis nous croient morts. S'alarma Mélanie, qui ne se voyait pas rester cloîtrée avec cette bande d'illuminés.

- Parce que si vous réapparaissiez trop tôt, les impériaux sonderaient vos cerveaux et découvriraient facilement le subterfuge. Et à moins de vous lobotomiser, nous ne pourrons pas effacer totalement, de votre mémoire, ce que vous avez vécu ces derniers jours. Un psykan puissant pourrait accéder à vos souvenirs sans que vous en ayez conscience. Précisa Darin.

La réponse ne sembla pas satisfaire la jeune fille, mais elle n'ajouta rien de plus, confortant Sarian dans l'idée que les problèmes étaient devant eux.

- Quoi qu'il en soit, il va falloir rester discret quelque temps, car les forces spéciales de l'empire vont arriver et nous rechercher activement. Notre meilleure option, c'est de rester caché bien sagement. Compléta-t-il.

- Nous allons devoir rester à Madère pendant combien de temps ? s'enquit Alex

- C'est hors de question de rester ici. Les coupa Mélanie. J'ai accepté de vous suivre, mais si d'ici deux jours vous n'avez pas de solution, j'irai à la police locale, s'enflamma la jeune fille d'un air très déterminé.

- Ne t'inquiète pas Mélanie. Nous ne resterons probablement pas plus de deux jours à Madère. Sourit Sarian, plus préoccupé qu'il ne le laissa paraître. Il est beaucoup trop risqué de rester sur une île et de dépendre de transports aériens ou maritimes. Nous cherchons le moyen de rejoindre la France sans nous faire remarquer. Ajouta l'homme.

- Mais pourquoi chercher à rentrer en France si nous ne pouvons pas reprendre notre vie normale ? Nous pourrions rallier l'Afrique, les États-Unis ou l'Australie ? proposa Paul.

- Parce que notre base se trouve en Dordogne et que notre équipement est indispensable pour ta formation. Rétorqua l'ildarane, avec un regard sévère.

- Allons, profitons un peu du moment présent pour jouer un peu les touristes. Proposa Stéphanie pour faire diversion. Nous sommes près du téléphérique qui mène en haut de la ville, c'est à faire, il paraît. En tous cas, c'est ce que m'a indiqué la réceptionniste de l'hôtel. Ajouta-t-elle.

- Excellente idée, jeune fille. Allons-y tous. Embraya Sarian.

Il régla l'addition en espèce et le groupe se dirigea vers le téléphérique tout proche. La vue surplombant Funchal valait le détour. Paul connaissait déjà la capitale, étant venu quelques années plus tôt avec ses parents. Il avait visité l'île pendant deux semaines et découvrit l'étendue des changements intervenus. Lors de son précédent séjour, Paul avait survolé Madère en hélicoptère, descendu du haut de Funchal en traîneau d'osier et fait du trek sur les hauteurs de l'île. Il se prenait presque à regretter cette période d'innocence perdue.

- Paul ? 'interpella Stéphanie. Tu vas bien ? Tu parais songeur.

- Je repensais à mes vacances ici avec mes parents, j'ai l'impression que c'était une autre époque … répondit Paul, les yeux dans le vague.

- Heureusement que tu ne m'as pas dit : une autre planète, plaisanta la jeune femme, car je l'aurais pris au premier degré. Ajouta-t-elle en lui donnant un baiser.

Le téléphone portable de Sarian se mit à sonner, ce qui focalisa instantanément toutes les attentions.

- « Sarian, j'écoute ». L'homme resta figé pendant un court instant qui leur parut interminable puis reprit : « c'est une excellente nouvelle, on se voit tout à l'heure. Merci, Mariq ».

Devant toutes les mines interrogatives, il leur rapporta sa conversation :

- Il y a un porte-conteneurs qui part demain midi de Funchal vers Marseille. Mariq a négocié des places pour nous tous, moyennant une bonne somme en espèce auprès du capitaine. Nous ne voyagerons pas dans le luxe, mais cela devrait nous garantir l'anonymat jusqu'en Méditerranée. Nous nous arrangerons ensuite pour quitter le navire au large des côtes françaises. De plus, ce porte-conteneurs ne repart pas à plein et dispose d'un espace vide dans la cale arrière qui sera à notre disposition pour nous entraîner.

- Nous entraîner à quoi ? demanda Paul, se sentant subitement concerné.

- Nous allons commencer par t'appendre à utiliser nos équipements, renforcer tes capacités mentales et accroître tes performances au combat, répondit Oria.

- Dans quel ordre ? demanda l'adolescent un brin amusé par l'ambitieux programme.

- Mais tout en même temps. Tu auras du temps libre pendant la traversée. Répliqua Darin avec un sourire.

- Cela va nous prendre combien de temps de rentrer en France ? intervint Mélanie, l'air pincé.

- D'après le capitaine du navire, dixit Mariq : environ cinquante-sept heures. Répondit Sarian, qui ajouta que Funchal se situait à plus de deux mille quatre cents kilomètres de Marseille et que le porte-conteneurs croisait à vingt-trois nœuds de moyenne.

- Nous commencerons par vous apprendre à utiliser nos technologies dès cet après-midi, cela devrait vous intéresser et surtout vous être utile en cas de mauvaises surprises compléta Darin.

Mélanie, toujours contrariée, détourna la tête, mais elle se calma vite, car elle avait compris qu'il lui serait plus simple de regagner la capitale française depuis le sud de la France.

Alex, qui ne savait plus trop comment gérer sa relation avec son amie, se focalisa sur les paroles de Darin. L'adolescent avait besoin de relâcher la tension nerveuse accumulée et le côté enfant de sa personnalité ressurgit. Il s'imaginait déjà entouré par un champ de force avec un pistolet laser à la ceinture comme dans Star Wars.

La montée en téléphérique s'achevait et le petit groupe se rendit au terminal de la navette pour redescendre en centre-ville et retrouver leurs véhicules.

Le retour en voiture se fit dans le calme et tout le monde affichait un air sérieux. Dans le premier véhicule, Mélanie pensait à ces derniers jours et à l'aventure qu'elle vivait. Elle n'était pas à l'aise dans ce groupe dont elle ne cernait pas les objectifs. Sa relation avec Alex se détériorait et elle songeait d'ailleurs à y mettre fin, une fois rentrée à Paris. Elle s'était un peu calmée, car elle entrevoyait maintenant le bout du tunnel.

Dans le monospace suivant, Stéphanie avait posé sa tête sur l'épaule de Paul et recherchait la tendresse qui les liait. Elle aussi songeait à leur vie d'avant et s'interrogeait sur la suite des évènements. Elle avait conscience que cette aventure risquait de l'amener à prendre une décision sur sa relation avec Paul. Ils n'en avaient pas encore discuté ensemble, mais elle commençait à intégrer l'idée que son amant allait partir et elle n'était pas sûre de vouloir le suivre. L'aventure, loin des siens, l'effrayait et, malgré ses sentiments pour le garçon, elle ne savait pas si elle aurait le courage ou la force de tout quitter.

Alex était le plus insouciant des quatre et s'il pensait, naturellement à sa famille, il n'avait pas encore envisagé l'avenir. Ses pensées étaient accaparées par l'histoire d'Ildaran : l'Empire, les grandes familles, la conquête spatiale, les Nanocrytes, les pouvoirs psys. Cela se mélangeait un peu dans sa tête, car l'adolescent était maintenant convaincu que Sarian disait la vérité et il s'estimait chanceux d'être associé à cette aventure extraordinaire.

Paul, pour sa part, était concentré sur ses facultés psys. Il avait hâte de pouvoir en apprendre davantage, car il avait encore en mémoire sa violente réaction face à Oria et il craignait de blesser quelqu'un. Il avait également conscience que la maîtrise de ses capacités pourrait, le cas échéant, faire la différence si ses ennemis le retrouvaient. Il s'essayait très doucement à percevoir les esprits des occupants du monospace, mais n'arrivait à rien. Oria lui avait expliqué qu'il devait d'abord maîtriser un certain nombre de techniques simples pour interagir avec autrui et il était maintenant très pressé de pratiquer. Il observait Sarian, concentré sur la conduite, et il aurait bien aimé connaître ses pensées.

Oria était également songeuse, elle pensait aussi à ses capacités psychiques, car, depuis l'échange brutal avec Paul, elle avait l'impression d'avoir accru l'amplitude de ses facultés. Elle tenta de communiquer avec l'adolescent, à l'arrière du véhicule, mais il ne réagit pas. Elle était certaine qu'il ne lui manquait pourtant pas grand-chose pour que son talent s'éveille, tant l'intensité de ses émissions mentales l'avait prise en défaut.

Les deux véhicules arrivaient sur le parking de l'hôtel et Sarian leur proposa de se retrouver dans sa chambre. La journée était déjà bien avancée et il tenait à ce que chacun dispose de protections individuelles. Il savait que leurs ennemis ne resteraient pas inactifs et qu'ils étaient loin d'être en sécurité.

Ils se retrouvèrent donc tous dans sa chambre. Darin sortit, d'un sac de sport, plusieurs ceintures affublées d'un petit boîtier noir et les adolescents reconnurent immédiatement l'objet que l'homme portait lors de sa démonstration dans la chambre d'hôtel, sur l'île de Lanzarote.

- Vous avez déjà compris à quoi cela sert. Ces boîtiers génèrent un champ de force individuel qui protège son porteur de presque toute intervention physique extérieure. Ils permettent même de sortir dans l'espace. En intensité maximale, on peut les rendre totalement hermétiques.

Darin leur précisa que cette technologie avait été inventée par *Farmien Horlzson* d'où le nom de champ *Horlzson*.

Il insista cependant sur le fait que cette protection ne rendait pas invulnérable et qu'il existait plusieurs moyens pour atteindre quelqu'un à l'abri derrière un champ *Horlzson*.

- La première méthode consiste à surcharger le champ avec un disrupteur moléculaire qui va saturer le champ de force. C'est très basique : si l'intensité du train d'ondes est supérieure à l'énergie du bouclier, celui-ci saute.

Sarian précisa qu'il était difficile de saturer un champ individuel avec une arme de poing, car il fallait plusieurs dizaines de secondes de tir continu pour y parvenir et qu'il s'agissait d'une excellente protection en cas d'attaque par plusieurs individus. En cas d'agression avec un armement plus lourd, comme ceux embarqués à bord de glisseurs militaire, un champ individuel n'était d'aucune utilité face à un tir direct.

- La seconde méthode s'appuie sur l'utilisation d'Arkrit. Il s'agit d'un matériau très particulier qui a la spécificité d'entrer en résonnance lorsqu'on lui applique une intensité énergétique précise. L'Arkrit en résonnance traverse le champ Horlzson comme si celui-ci n'existait pas.

Oria sortit un objet de sa poche qu'elle leur présenta comme un pulseur à aiguilles. L'engin générait un mini-champ de gravité dirigée qui propulsait des mini fléchettes à la vitesse mille huit cents mètres par seconde. La jeune femme précisa que si ce type d'arme était chargée de munitions en Arkrit, les champs Horlzson étaient inopérants, car le pulseur faisait entrer en résonnance les aiguilles qui vibraient alors pendant une demi-seconde, de quoi assurer une efficacité jusqu'à neuf cents mètres. Elle ajouta qu'un pulseur pouvait contenir un millier d'aiguilles et possédait une cadence de tir de vingt fléchettes à la seconde. Fort heureusement, l'Arkrit était un matériau très rare et il était exceptionnel de charger un pulseur avec ce type de munitions. Plus communément, les mini-fléchettes étaient composées d'alliage de corodrium qui ne pouvait pas traverser un champ *Horlzson*. Il s'agissait néanmoins d'une arme dévastatrice, car les fléchettes déchiquetaient tout sur leur passage.

Oria intervint pour ajouter qu'en combat rapproché, on se servait surtout d'une lame en Arkrit autovibrante qui contenait un générateur dans le manche. Il s'agissait d'ailleurs d'un paradoxe de la science ildarane qui voulait que malgré leurs technologies avancées ils soient amenés à souvent se battre à l'arme blanche.

- C'est l'une des raisons pour laquelle nous avons veillé à ce que tu sois entraîné à l'Aïkido, au Karaté et au maniement des armes blanches, reprit Darin, à l'attention de Paul.

- Mais, vous n'y êtes pour rien ! rétorqua l'adolescent, incrédule. Je me suis mis aux arts martiaux après une rencontre en vacances avec un ami de mes parents qui m'a donné le goût de pratiquer. Je crois qu'il s'appelait Jean-Paul, mais nous l'avons perdu de vue depuis plusieurs années. Compléta-t-il, passablement agacé par cette tentative de récupération.

- C'est ta perception des choses. En réalité : Jean-Pierre, et non Jean-Paul, s'appelle Numarion et est l'un des nôtres. Il a tout fait pour t'intéresser aux sports de combat et j'ai réussi à implanter dans ton esprit le goût des arts martiaux, lui répondit gentiment Oria.

Paul fut stupéfait et il était abasourdi par la révélation de la jeune femme. Cela sous-entendait que les ildarans l'avaient manipulé pendant toutes ces années ! Il ressentit une forme de colère à l'encontre de ces individus qui semblaient s'être joués de lui.

Oria s'en aperçut aussitôt et lui précisa que l'objectif avait été de le préparer à reprendre le trône de l'Empire et à savoir se protéger.

- Avec ton entraînement, tu devrais être capable de te défendre contre plusieurs agresseurs armés. La difficulté interviendra si nous sommes pris à partie par des individus améliorés avec des Nanocrytes de combat, car, même contre le plus mauvais combattant, tu n'aurais aucune chance face à sa vitesse de déplacement.

Les ildarans comptaient surtout sur la protection des champs *Horlzson* et par un petit plus fourni sur les prototypes qu'ils avaient amené avec eux : leurs boucliers individuels disposaient de la même technologie furtive que leur aviso et leur glisseur.

En activant la furtivité, le porteur du champ disparaissait littéralement des senseurs et devenait invisible à presque toutes les radiations connues, dont la lumière. En réalité, le champ courbait celle-ci et les photons passaient tout autour comme avec une lentille gravitationnelle. Cette technologie avait cependant une contrepartie fâcheuse : la consommation d'énergie. La capacité des mini condensateurs Verakin des boucliers n'était pas suffisante pour rester plus de trente minutes en mode furtif. Il fallait ensuite au moins deux heures de recharge avant de pouvoir réenclencher la furtivité alors qu'en mode normal, l'autonomie permettait de rester hermétiquement protégé dans l'espace pendant six heures.

Oria distribua à chacun des adolescents une ceinture en leur expliquant comment la verrouiller autour de leur taille. Alex en avait les yeux qui pétillaient. Il en rêvait depuis la démonstration de Darin.

Stéphanie et Mélanie, peu intéressées par les technologies en général, voyaient plutôt cela comme une contrainte et observaient le disgracieux boîtier, heureusement assez fin, qu'il allait falloir porter sous ses vêtements.

- Ces modèles possèdent un petit contacteur tactile sur la tranche supérieure. Il suffit de faire glisser le doigt sur la tranche, de la gauche vers la droite, pour activer le bouclier. Précisa Darin

- Les vôtres sont différents ? demanda Alex

- Oui, ils sont activés directement par nos Nanocrytes de combat : c'est plus rapide. répondit Oria

- Je veux que vous les portiez jour et nuit sans aucune exception, intervint Sarian. <u>Sans exception aucune :</u> la nuit, sous la douche, <u>tout le temps</u>. Ajouta-t-il en insistant bien sur le tout le temps avec un regard appuyé qui eut l'air de convaincre les adolescents qu'il ne plaisantait pas.

- Maintenant, faites un essai en prenant soin de ne pas être trop rapprochés les uns des autres. Leur demanda Oria. Un espace minimum de trente centimètres est conseillé à l'activation, recommanda-t-elle.

Les quatre jeunes gens activèrent leurs générateurs de champs individuels et un très léger halo irisé les enveloppa.

Darin mit Paul en joue avec un pulseur à aiguille et appuya sur la détente. Le garçon n'eut pas le temps de réagir. Il ne put qu'assister, impuissant, aux chocs rapides des aiguilles qui s'écrasaient sur son champ de force.

- Celui-ci est chargé de mini fléchettes de corodrium qui ne peuvent vous atteindre et cela vous démontre l'efficacité de ces boucliers, fit Sarian. Je le répète, n'enlevez pas cette ceinture tant que nous ne serons pas à l'abri. Les impériaux peuvent nous localiser et apparaître soudainement en utilisant la technologie des sauts quantiques ou envoyer un drone de combat. Vous n'aurez alors que le temps d'activer vos boucliers. Si vous l'avez, pensa-t-il sans faire part de ses craintes aux jeunes gens.

- Mais s'ils nous attaquent avec des lames en Arkrit demanda Paul, qui avait parfaitement suivi les explications.

- C'est le point faible de notre défense, il faut espérer que l'un d'entre nous soit à vos côtés pour les neutraliser. Fit Oria d'un air résolu. Avant qu'ils n'aient le temps de vous tuer. Songea-t-elle.

- C'est rassurant..., intervint Mélanie un peu dépitée.

- Vous ne pouvez pas nous confier des armes de poing comme vos lances fléchettes ? demanda Alex

- Ce serait totalement inutile, voire contre-productif, répondit Darin. Si nous les chargeons avec des aiguilles au corodrium, ce sera inefficace contre leurs boucliers et nous ne possédons pas assez Arkrit pour fabriquer des munitions dans ce matériau. Cela ne servirait, de toute façon, pas à grand-chose et vous risqueriez de nous blesser, car nos adversaires sont tous améliorés avec des packs de Nanocrytes de combat et leur vitesse de déplacement sera améliorée d'au moins 50%. Vous n'auriez jamais le temps de les aligner et de faire feu. Il vaut mieux que vous soyez désarmés, ils hésiteront peut-être à vous tuer pour vous capturer.

- Alors, pourquoi ne pas nous équiper avec ces Nanocrytes ? questionna Paul.

- Parce que malheureusement nous ne disposons pas de cette technologie avec nous. Cette intervention, quoique simple, puisqu'il s'agit d'une simple injection, est très encadrée et ne peut s'effectuer que sur une planète de l'Empire dans des centres spécialisés. Fit Oria, en écartant les bras d'un air fataliste.

Sarin ajouta qu'il serait certainement compliqué de trouver des packs de Nanocrytes de combat, car tous les centres d'injection étaient sous le contrôle de la Sécurité Impériale.

- Mais il est maintenant temps d'aller se reposer. Pensez à garder vos boucliers … Bonne nuit, termina l'ildaran, coupant court aux questions supplémentaires.

Tout le monde se souhaita une bonne nuit et les jeunes gens regagnèrent leurs chambres. Oria, Darin et Sarian restèrent à discuter de leurs plans, car leurs Nanocrytes de combat leur évitaient toute fatigue.

Mélanie voulut tester son dispositif, de même qu'Alex, et les deux adolescents jouèrent quelques instants avec leurs boucliers.

La jeune fille se posait de nombreuses questions sur cet appareil. Jusqu'ici, elle avait douté de la réalité des propos du groupe de Sarian, mais elle était sûre de ne jamais avoir entendu parler d'une technologie pareille auparavant. *Qui sont donc ces gens ?* pensa-t-elle. *Se pouvait-il qu'ils soient réellement étrangers à cette planète ?* La jeune fille se perdait en conjectures.

Alex était loin d'imaginer les pensées de son amie. Le jeune homme était sur un nuage, il avait déjà accepté l'idée que le groupe de Sarian soit extraterrestre et il commençait à envisager d'accompagner Paul, s'il décidait de quitter la Terre.

*

Chapitre 2

Revenu dans leur chambre, Stéphanie tenta de discuter avec Paul, mais celui-ci semblait être vraiment fatigué, car il s'assoupit, malgré l'excitation et les craintes sur leur avenir.

En réalité, il feignait le sommeil et attendit que la jeune fille soit endormie pour aller rejoindre le groupe d'adultes. En pensant à cela, il se dit qu'il commençait à entrer dans la peau d'Ishar Verakin.

- Ah, Paul ! Viens te joindre à nous. Maintenant que tes amis sont couchés, il y a certainement des questions complémentaires que tu souhaites nous poser, le héla Darin.

- En effet, répondit l'adolescent. J'aimerais que vous continuiez de me parler de ma planète natale et de mes parents. Enfin tout ce que vous pourrez m'en dire.

- Ça va être long…, reprit Sarian, tout sourire tant il était ravi que Paul accepte sa situation. Mais nous pouvons commencer par te conter un peu l'histoire de l'Empire jusqu'à tes parents, nous compléterons avec d'autres détails au fur et à mesure. Suggéra l'homme.

- Allez. On se donne deux heures puis nous irons tous nous reposer il est déjà 23h. proposa Oria.

Et c'est par ces mots que les quatre Ildarans entamèrent l'histoire de l'Empire.

Paul écoutait avec avidité la chronologie de la création de l'Empire sur la planète mère, située à trente-huit mille années-lumière du centre de la Voie Lactée, dans le bras du Cygne également appelé bras Règle-Cygne. Le système mère d'Ildaran était situé pratiquement dans l'axe opposé au système solaire par rapport au centre galactique, ce qui le situait à pratiquement cinquante-deux mille années-lumière de la Terre, en ligne droite. Paul n'était pas féru en astronomie et les Ildarans cherchaient parfois les terminologies utilisées sur Terre pour faire référence à leurs connaissances.

- Sarian continua en racontant comment Ildaran avait connu une longue évolution, passant par des guerres intestines, l'épuisement des matériaux fossiles…, l'invention des Nanocrytes médicales, trente-huit mille neuf cents ans plus tôt, qui avait profondément changé la société ildarane…

- Je ne suis pas généticien, mais, en résumé, le docteur Coren Faraï a, dans un premier temps, conçu des nanotechnologies biologiques artificielles qui pouvaient réparer les cellules endommagées de l'organisme. Tenta d'expliquer Sarian.

Cette innovation majeure avait permis d'éliminer pratiquement toutes les maladies et à part la peste verte qui avait décimé trente pour cent de la planète, trente-huit mille neuf cents ans plus tôt, la société ildarane n'avait plus connu la maladie. Dans un second temps, les successeurs de Faraï avaient conçu des Nanocrytes médicales capables de reprogrammer les cellules sénescentes pour générer des cellules souches pluripotentes induites afin de leur donner la morphologie et les caractéristiques des cellules souches embryonnaires. Dès lors, il devint possible de remplacer toutes les cellules de l'organisme et ce fut le début du prolongement de la durée de vie.

Sarian essaya de simplifier son résumé en expliquant que la mort survenait, car les cellules finissaient par mourir de faim. En vieillissant, elles ne savaient plus s'alimenter et *in fine* le corps dépérissait par disparition des cellules qui ne se régénéraient plus. Avec ces Nanocrytes médicales qui reproduisaient les cellules souches embryonnaires, Faraï avait réussi à prolonger la vie des Ildarans jusqu'à plus de six cents années terrestres.

Il s'agissait d'une limite théorique, mais sur laquelle les savants butaient depuis plusieurs millénaires, même si quelques rares individus avaient vécu jusqu'à près de six cent quarante ans.

- D'après les rapports que nous avons interceptés, il semble que certains scientifiques terriens, à Tokyo et à Montpellier : en particulier à l'INSERM, soient en train de travailler sur ce sujet. La Terre pourra certainement disposer de cette avancée d'ici une centaine d'années. Ajouta Oria.

Pour Ildaran, cette innovation avait totalement changé le rapport à la mort. Il semblait que lorsque la durée de vie était courte, l'être humain avait tendance à moins la valoriser, mais avec un potentiel de plus de six cents ans, sauf en cas de mort violente, la conscience de l'existence avait considérablement évolué et les individus étaient devenus plus pacifiques.

Le revers de cette situation était que le rapport au temps avait également été modifié et que le rythme des innovations avait ralenti. Il avait ainsi fallu presque mille ans pour découvrir l'énergie Kin, issue de la transformation de la matière noire.

Cette étape avait été le véritable début de l'Empire, car de cette énergie gratuite et illimitée était venu l'essor des principales grandes familles qui avaient structuré l'organisation sociétale d'ildarane.

Après la découverte de la matière noire par Cavon Seravon, presque trente-sept mille neuf cents ans plus tôt, Ilvaran Verakin conçut une technologie pour convertir cette matière noire en énergie et la stocker dans des condensateurs. Ce fut l'essor industriel et financier de la famille de Paul.

Rapidement, plusieurs autres scientifiques découvrirent de multiples utilisations de l'énergie Kin et bâtirent à leur tour de véritables empires industriels. Le système politique, qui avait successivement essayé plusieurs modèles, arrivait à bout de souffle et les grandes familles industrielles et financières se coalisèrent pour prendre le pouvoir. Ni Sarian ni aucun autre ildaran ne savaient précisément comment un Verakin avait été désigné Empereur, mais cela avait donné trente-six mille ans de stabilité politique.

- Ce n'est pas très démocratique comme système, le coupa Paul qui pensait aux élections prochaines en France. Sur Terre, dans les pays développés, les dirigeants sont élus par le peuple

- Et l'on voit où cela vous mène... lui rétorqua Oria, amusée. En Europe, vous avez constitué une caste de politiciens qui s'auto-entretient et est plus concernée par sa réélection que par l'anticipation et la gestion des pays. Aux États-Unis, le président est élu par de Grands Électeurs soudoyés par les lobbys de tous bords qui voient s'affronter les grands conglomérats militaro-industriels et financiers. Dans tous les cas, le peuple qui vote n'a pas vraiment le choix : ce qu'on lui propose est issu de cercles totalement autarciques. C'est comme si tu me disais que tu as le choix dans un magasin qui ne propose que deux marques de sodas. Tu choisis, mais dans un panel très restreint. Compléta la jeune femme, qui, pragmatique, avait étudié les systèmes politiques en vigueur sur Terre.

- Ouaip... un point pour toi, je vous laisse continuer, soupira le garçon, un peu désabusé.

Sarian reprit :

- En quelque cinq cents ans, la structure politique d'Ildaran Prime fut figée sous sa forme actuelle avec un empereur entouré des grandes familles régnantes et des guildes très puissantes comme celles du commerce ou des scientifiques. Mais il ne faut pas se tromper : si l'Empereur possède un grand pouvoir, celui-ci est équilibré par les familles et les guildes.

L'homme ajouta que chaque membre de ces familles recevait, dès son plus jeune âge, une formation adaptée à ses futures responsabilités. Cette organisation sociétale, additionnée à la longue durée de vie des habitants, avait procuré une grande stabilité à l'empire, jusqu'à la traîtrise incompréhensible des Seravon.

Oria convint qu'il ne s'agissait peut-être pas d'un modèle parfait, mais qu'il avait fonctionné et que tous les ildarans en avaient largement bénéficié.

Cette stabilité politique s'était accompagnée de l'expansion de l'Empire dans l'espace, grâce à la découverte du déplacement quantique. Facel Randarion, un scientifique de génie, avait découvert trente-quatre milles huit cent cinquante ans plus tôt, la translation par trou de vers. Facel fut à l'origine de l'ascension d'une nouvelle dynastie industrielle qui intégra l'assemblée très restreinte du premier cercle du pouvoir qui comprenait aujourd'hui huit grandes familles.

Huit cents ans plus tard, un descendant de Coren Faraï, inventeur des Nanocrytes, décoda totalement le cerveau humain et ses échanges électrochimiques.

- Un scientifique te l'expliquerait mieux que moi, mais je vais essayer de te faire une synthèse. Dans le cerveau, les informations circulent, de neurone en neurone, sous la forme de messages électriques appelés influx nerveux. Les neurones sont reliés entre eux par des milliers de connexions appelées : synapses. Entre eux, l'information est échangée sous forme de messages chimiques appelés neurotransmetteurs, Sarian semblait connaître le sujet et laissa Paul un peu au bord du chemin devant la complexité du cerveau humain. L'ildaran continuait tranquillement ses explications.

Les recherches de Faraï avaient suivi celles réalisées sur l'intelligence artificielle qui avaient conçu les premières IA à partir de neurones synthétiques. Faraï avait réussi à trouver comment interpréter les messages circulant entre les neurones et les neurotransmetteurs. Après avoir développé une sorte d'IA capable de lire le cerveau d'un humain, il développa une technologie biologique permettant d'interagir à distance. Korïn Faraï venait d'inventer les glandes psys.

Restait à introduire ces glandes dans le genre humain. Malheureusement, cette technologie ne pouvait pas être greffée : il fallait que le sujet naisse avec, et cela impliquait une altération génétique et une fécondation in vitro.

De ce fait, sa découverte ne fit pas recette dans les premiers siècles d'autant que les premiers sujets n'avaient pas développé de résultats très concluants. Faraï avait pourtant averti que les évolutions seraient très lentes et que les résultats ne se feraient pas sentir avant plusieurs générations.

Il en résulta qu'un très petit nombre de personnes se laissa tenter par modifier sa descendance, d'autant qu'il fallait intervenir à chaque naissance.

Un ancêtre de Paul : Orikan Verakin comprit immédiatement le potentiel de cette découverte et fut le seul dirigeant du premier cercle, en dehors des Faraï, à faire modifier génétiquement tous ces enfants. Il devait posséder un fort potentiel naturel, car, depuis cette date, les Verakin comptaient parmi les psykans les plus puissants de l'Empire. Mais il fallut cependant quinze générations aux Faraï et aux Verakin pour atteindre leurs pleines capacités.

Seules les grandes familles avaient eu la persévérance de se projeter sur plusieurs milliers d'années et cela expliquait que les glandes psykanes ne se soient pas beaucoup répandues pendant les premiers siècles.

Il fallut ainsi pratiquement deux mille ans pour que les autres grandes familles succombent, elles aussi, à la modification génétique. Aujourd'hui même la moyenne noblesse s'y était mise, mais il leur faudrait probablement encore quelques milliers d'années pour atteindre ne serait-ce que le niveau psy d'Oria qui était une Verakin éloignée et descendait d'une branche modifiée depuis huit mille ans.

- OK, je commence à mieux cerner le système politico-financier. Pouvez-vous revenir sur les technologies spatiales ? Voulut savoir Paul.

- Comme nous te l'avons narré, répondit Darin, qui prit le relais, c'est Facel Randarion qui a découvert le déplacement par trou de vers.

Avant cette découverte majeure pour l'Empire, les Ildarans avaient eu recours à la propulsion par ondes gravitationnelles et les premiers propulseurs à cette époque ne permettaient pas de dépasser vingt pour cent de la vitesse de la lumière, ce qui limitait considérablement l'expansion spatiale. Des dizaines de vaisseaux avaient exploré une sphère d'une dizaine d'années-lumière autour d'Ildaran, mais sans trouver de planète habitable.

Les ildarans avaient recensé de nombreuses sources de matières premières intéressantes, mais les trajets aller-retour étaient trop longs et trop coûteux pour une exploitation à large échelle. La découverte de *Facel Randarion* changea immédiatement la donne, car, du jour au lendemain, il devint possible d'exploiter les gisements de minerais situés à plusieurs dizaines d'années-lumière, avec de faibles coûts de transport.

La matière noire étant gratuite et abondante, cette période vit l'expansion de nouvelles familles qui s'enrichirent et prirent de l'importance dans l'empire comme les Averdin et les Uphrasite, spécialisés dans l'exploration spatiale et l'exploitation des matières premières. C'est d'ailleurs un Uphrasite qui découvrit l'astéroïde d'Arkrit dans le système de Teraflonis. Depuis, aucune autre source d'Arkrit n'avait jamais été trouvée malgré les innombrables recherches pratiquées par les familles concurrentes qui souffraient de l'exclusivité des Uphrasite sur ce minerai aux quantités limitées.

- Et comment fonctionne la transition quantique ? Voulut savoir Paul.

La technologie était complexe et aucun des ildarans présents n'aurait pu l'expliquer scientifiquement. Darin essaya néanmoins d'utiliser des analogies simples :

- C'est comme si tu devais aller d'un bord à l'autre d'une feuille de papier. Si la feuille est posée à plat, tu dois parcourir la distance entre les deux bords. Si maintenant tu replies la feuille de manière à ce que ton point de départ touche ton point d'arrivée, la distance à parcourir devient nulle. C'est à peu près ce qui se passe avec un propulseur Randarion. Sauf que pour replier l'espace c'est un peu plus compliqué que de rouler une feuille de papier et que l'énergie nécessaire est considérable. Elle ne dépend pas de la taille de l'objet, mais de sa masse.

- On traverse une sorte de tunnel dans la feuille de papier ? questionna Paul

- Ce n'est pas vraiment un tunnel. Les bords de la feuille de papier ne se touchent pas vraiment, ils fusionnent. En fait : deux points de l'espace se rejoignent en un seul, sous l'action du champ Randarion. Précisa Darin

- Mais il faut bien traverser non ? demanda Paul, un peu dépassé par ce nouveau concept.

- Non. Le point de départ devient le point d'arrivée. Le vaisseau ne bouge pas, c'est le volume d'espace qui contient le vaisseau qui se replie sous l'action du champ de déplacement. C'est pour cela qu'il faut que le vaisseau soit totalement immobile avant un saut. Lorsque le champ est coupé, le vaisseau a atteint sa destination, de préciser Darin.

- Vous devez avoir exploré toute la galaxie depuis trente-quatre mille ans ! s'enflamma Paul, qui rêvait maintenant d'aller dans l'espace et de voir d'autres étoiles.

- Oh, non ! reprit Oria amusée. Notre galaxie fait plus de cent mille années-lumière de diamètre et contient près de trois cents milliards d'étoiles. Un peu moins de vingt pour cent sont des soleils jaunes comme le tien et comportent des planètes telluriques. Environ quinze pour cent d'entre elles se situent à bonne distance de leur étoile pour abriter de l'eau à l'état liquide. Alors tu vois : cela offre du potentiel d'exploration pour découvrir des planètes habitables.

L'empire avait engagé une étude méticuleuse des signatures spectrales des étoiles afin de repérer des systèmes potentiellement intéressants, mais il faudrait des dizaines de milliers d'années pour tout répertorier, car le nombre de planètes pouvant héberger la vie se chiffrait en milliards.

Au cours des premières expéditions de reconnaissances, les vaisseaux d'exploration avaient constaté qu'il était impossible d'approcher le centre de la galaxie. Les ildarans avaient envoyé de nombreux engins automatiques, mais aucun n'était jamais revenu. Les perturbations spatiales près du bulbe galactique étaient telles, que même les champs *Horlzson* devenaient inefficaces pour protéger les appareils des nuages de matières stellaires.

Après avoir perdu des dizaines de drones et de navires, l'empire avait fini par cartographier une zone inaccessible, délimitée par un disque de plus de cinq mille années-lumière de diamètre sur deux mille cinq cents d'épaisseur au centre. Malgré tout le potentiel en minerai, que cette région riche en étoiles jeunes pouvait receler, il avait été impossible aux appareils ildarans de l'explorer.

Les analyses à longue distance avaient permis de vérifier la présence d'un trou noir super massif au centre de la Voie Lactée, complété par plusieurs petits trous noirs dans une sphère de mille années-lumière. Les scientifiques ildarans avaient tout essayé, depuis des milliers d'années, pour percer le mystère du centre de la galaxie, mais, malgré la sophistication de leur technologie, le cœur de la

Voie Lactée restait une énigme. Ils en étaient venus à soupçonner que les al-heoxyrians soient derrière ce phénomène, mais ce n'était qu'une hypothèse, parmi tant d'autres, qui n'avait jamais pu être vérifiée.

Mais toutes ces explications avaient largement entamé la nuit et Sarian siffla provisoirement la fin de l'histoire.

- Bien jeune Ishar. Il est peut-être temps d'aller te reposer, car Oria va commencer demain ton entraînement mental et Darin va t'apprendre à te battre avec un champ Horlzson et une lame en Arkrit. Nous avons d'ailleurs une surprise pour toi.

Paul, qui avait la tête pleine de rêves, d'inquiétudes et de questions dut se résoudre à aller dormir un peu. De toute manière, malgré ses Nanocrytes, il commençait à être exténué et quelques heures de sommeil seraient les bienvenues.

Oria et les deux hommes allèrent se coucher dans leurs chambres respectives.

L'adolescent rejoignit Stéphanie, qui dormait profondément et se glissa lentement dans le lit pour ne pas la réveiller. Malgré la fatigue, il eut des difficultés à s'endormir tant son esprit avait été sollicité ces dernières heures, mais la lassitude eut finalement raison de son excitation et il sombra dans un sommeil rempli de rêves.

*

Chapitre 3

De l'autre côté de la planète, la fébrilité régnait.

- COMMANDANT FLORILIUS, J'AI RETRACE TOUS LES VEHICULES DANS UNE ZONE DE DIX KILOMETRES AUTOUR DE LA SIGNATURE DE L'APPAREIL QUI A DECOLLE D'UN POINT SITUE A SOIXANTE KILOMETRES AU SUD-OUEST DE CASABLANCA. UN PROCESSUS TIERS A IDENTIFIE UNE SIGNATURE THERMIQUE IDENTIQUE A CELLE QUI A QUITTE MARRAKECH ET S'EST DIRIGEE VERS L'OUEST, DIMANCHE SOIR. JE PEUX EN CONCLURE A 99,1% QU'IL S'AGIT DU MEME VEHICULE. L'ANALYSE INDIQUE QUE CELUI-CI S'EST DIRIGE VERS LA COTE OUEST DU MAROC PUIS A LONGE L'OCEAN POUR RETROUVER L'APPAREIL QUI A QUITTE LA PLANETE. DEUX HYPOTHESES SONT DONC PLAUSIBLES : LA PREMIERE, C'EST QUE LE VEHICULE TERRESTRE N'A PAS SUIVI UNE ROUTE DIRECTE POUR EVITER D'ETRE REPERE. PROBABILITE : 9,98%. LA SECONDE, C'EST QU'IL A DEPOSE UNE PARTIE OU LA TOTALITE DE SES PASSAGERS AVANT DE REPARTIR VERS LE NORD. PROBABILITE : 90,02%. NE CONNAISSANT PAS LE MODE DE PENSEE DE NOS ADVERSAIRES, JE NE PEUX PAS AVANCER DE PROBABILITES PLUS FINES. L'IA venait de communiquer une analyse qui réveilla tout le staff de Florilius, présent dans le centre tactique.

- Gorantim, envoyez une équipe sur la piste de l'ouest du Maroc. Je subodore une ruse. Ordonna aussitôt le commandant impérial. L'héritier Verakin n'est peut-être pas à bord du vaisseau qui a quitté cette planète. IA recherche des traces d'engins de surface qui auraient pu s'approcher de la côte marocaine et retrace leurs signatures.

- Je vais personnellement suivre cette trace à l'ouest. Je partage votre hypothèse commandant. Répondit Gorantim, qui quitta le centre de commande en rameutant deux des militaires de son équipe.

Quinze minutes plus tard, les trois hommes embarquaient dans un glisseur qui se dirigea à vitesse maximum vers la côte sud du Maroc. Le second officier de la base ildarane ne craignait pas d'être repéré par les terriens, tant qu'il restait à haute altitude, car leurs appareils étaient équipés de technologies absorbant les ondes radars et les rendaient indétectables par les systèmes de surveillance locaux. La difficulté survenait lorsqu'il fallait se rapprocher du sol en plein jour, car la forme des glisseurs militaires ne pouvait pas être confondue avec celle d'un avion. Les glisseurs n'avaient pas d'ailes et les terriens ne pouvaient que s'effrayer de voir voler une sorte de gros bus plat et silencieux.

L'IA du bord annonça une durée de vol de trente minutes pour atteindre les côtes marocaines. Gorantim avait choisi de ne pas utiliser le saut quantique individuel, car il préférait avoir avec lui la puissance de feu d'un appareil militaire. *Il fait encore nuit dans cette région, nous allons pouvoir nous poser près de l'endroit où le véhicule terrestre a déposé ses passagers.* Le glisseur avait atteint la limite de l'atmosphère et s'élança dans l'espace.

Florilius observait le trajet du glisseur lorsque l'IA interrompit ses pensées.

- UN DRONE DE CHASSE, LANCE DEPUIS LA LUNE IO VIENT DE DETECTER UNE FAIBLE SIGNATURE D'ENERGIE KIN A MOINS DE DIX MILLIONS DE KILOMETRES DE SA POSITION, JE L'AI DEROUTE POUR ENQUETE. Annonça l'IA de la base

- CE DRONE EST-IL ARME ? demanda Florilius.

- NON. C'EST UN DRONE DE SURVEILLANCE REPONDIT L'IA

- Quelle est la position de la détection ?

- Legerement decalee de 28° par rapport a la trajectoire du Carusif, si c'est le vaisseau Verakin, il n'est pas a l'oppose de notre croiseur.

- Fais dérouter le Carusif, c'est eux. Ordonna l'officier.

- L'ordre vient d'etre donne au calculateur de vol du Carusif, il lui faudra quatre heures pour atteindre une distance de saut et se placer a l'exterieur du systeme sur leur trajectoire actuelle.

- Pouvons-nous envoyer une salve de disques-torpille depuis une base spatiale ?

- Ils sont trop loin pour que les torpilles de la base lunaire les rattrapent, mais leur trajectoire actuelle passera a quatre cents cinquante millions de kilometres de Neptune. Nous avons une plateforme de tir sur l'un des treize satellites naturels. Je declenche le tir d'une salve de huit torpilles a distorsion, mais les probabilites de les atteindre sont de 9,726%, car ils sont en limite de portee a haute velocite. Apres la phase d'acceleration, les torpilles vont repasser a 0,5C et ne pourront pas les rattraper s'ils reactivent leur propulsion.

- Espérons qu'ils soient à court d'énergie. Avec un peu de chance, nous allons les prendre par surprise si leurs détecteurs sont inactifs. Jubilait Florilius, qui s'imaginait déjà félicité par l'Empereur.

La salve de disques-torpilles planétaires jaillie des systèmes de tirs installés sur Protée, dénomination astronomique terrienne d'une des lunes de Neptune, et accéléra rapidement à quatre-vingt-dix pour cent de la vitesse de la lumière. La singularité gravitationnelle fut telle que les alarmes de la base de Sarian, en Dordogne, illuminèrent le centre des opérations. Décidément, il ne passerait pas encore une bonne nuit, car, à peine endormi, son téléphone se mit à sonner pour l'en informer.

- As-tu des nouvelles de la position du Randor ? s'enquit immédiatement le chef de la garde de Paul.

- Non, mais l'envoi de torpilles planétaires laisse penser qu'il a été repéré. D'ailleurs, le vaisseau impérial a légèrement modifié sa trajectoire dans la foulée. Répondit son interlocuteur.

- Bon sang ! En plus, ils vont devoir recharger les condensateurs. Qu'indique l'IA sur la probabilité d'interception ? Voulut savoir Sarian.

- L'IA ne peut fournir des probabilités qu'à partir de la trajectoire initiale du Randor puisqu'il n'est pas repéré. Il devrait être trop loin de l'origine de la salve pour être atteint en phase de vol à vitesse maximum, par contre, s'il a été éclairé par un drone, elles vont le suivre tant qu'il ne passera pas en mode furtif et si ses condensateurs sont vides elles le rattraperont avant qu'il n'ait le temps de relancer le captage de matière noire. Et on ne peut même pas les avertir, car nous serions détectés. J'espère que leurs détecteurs sont activés…»

- L'aspect positif c'est que cela devrait divertir un peu les impériaux et nous laisser du mou soupira Sarian.

- Je crains que non. L'IA vient de m'avertir qu'un glisseur antigrav a décollé de la base impériale et se dirige vers le Maroc. Ils doivent avoir ciblé le 4x4 et vont enquêter

- Enfer ! Notre ruse avec le Randor n'a pas pris.

- Pas sûr, il s'agit peut-être d'une simple vérification.

- Eh bien, je ne compterais pas là-dessus. Nous devons accélérer l'exécution de notre plan et quitter Madère aussi vite que possible, car ils ne vont pas tarder à débarquer. Conclut le chef des ildarans.

Contrairement aux attentes de Florilius, Klosteran avait laissé les senseurs, longue portée, activés et le Randor enregistra immédiatement la singularité gravitationnelle provoquée par les propulseurs des torpilles.

- ALERTE TORPILLES ! NOUS AVONS DU ETRE REPERES. LES SENSEURS DE COMBAT INDIQUENT UNE SALVE DE HUIT ENGINS EN INTERCEPTION, LANCEES DE L'UN DES SATELLITES DE NEPTUNE

- Distance ? demanda aussitôt Klosteran

- ENVIRON QUATRE CENT QUARANTE-DEUX MILLIONS DE KILOMETRES, IL LEUR FAUDRA ENVIRON QUARANTE-NEUF MINUTES POUR NOUS ATTEINDRE A NOTRE VITESSE ACTUELLE.

- On a bien fait de garder de l'énergie pour rester manœuvrable, mais j'imagine que leur vaisseau va se lancer à notre poursuite. Sans champ furtif, on était cuit. Lance immédiatement le captage de matière noire, maintenant que nous sommes repérés il nous faut un maximum d'énergie pour combattre ces engins. Ordonna Rliostem.

- CAPTAGE ACTIVE COMMANDANT, répondit l'IA qui avait intégré Rliostem comme commandant du navire furtif.

- On n'aura pas transformé assez d'énergie pour un saut interstellaire en quarante-cinq minutes, fit remarquer Klosteran

- Oui, je sais. Mais cela va nous permettre de repasser en mode furtif et d'essayer de détruire ces disques-torpilles au disrupteur puis de nous perdre dans le système

- Tu veux changer de cap ?

- Pas le choix maintenant. Dès que nous aurons détruit leurs torpilles, ils vont en lancer de nouvelles en ciblant notre trajectoire initiale et, comme il nous faut au moins une heure pour recharger les condensateurs pour un saut interstellaire, on sera trop juste. Grommela Rliostem.

- Oui, mais cela va nous retarder et nous risquons de voir apparaître leur vaisseau à distance de combat, objecta Klosteran.

- Ça va être juste, mais nous n'avons pas d'autres options

- LE CAPTAGE DE MATIERE NOIRE EST ACTIVE, NOUS DISPOSERONS DE 27% DE NOTRE CAPACITE D'ICI QUARANTE MINUTES, IL SERA POSSIBLE DE REPASSER EN MODE FURTIF PENDANT VINGT HEURES. Indiqua l'IA de bord.

- Parfait, en vingt heures nous devrions pouvoir atteindre un point de saut et on pourra même se payer le luxe de détruire ces torpilles. Conclut Rliostem.

Sans le champ furtif, le combat entre le petit aviso et les huit torpilles planétaires eut été largement défavorable au vaisseau. Les capacités offensives et défensives de ces armes à longues portées les rendaient très difficiles à détruire alors qu'il leur suffisait de s'approcher à moins de cent cinquante mille kilomètres pour créer un minuscule et éphémère trou noir de la taille d'une tête d'épingle. Le mini trou noir provoquait une aspiration gravitationnelle massive qui surchargeait le champ *Horlzson* et disloquait tout dans une sphère de cent cinquante mille kilomètres de rayon.

Le système d'activation de ces disques-torpilles était basé, comme la plupart des technologies ildaranes, sur l'utilisation de matière noire.

L'activation déclenchait une agitation atomique générant des Wimps : des particules ayant cinquante fois la masse de l'hydrogène. La collision des Wimps favorisait la formation d'antimatière qui enclenchait alors la production d'un petit trou noir localisé.

Il s'agissait d'armes à longue portée, car en combat rapproché les vaisseaux se seraient détruits entre eux en utilisant cette technologie et chaque navire de guerre disposait également de canons à rayons disrupteurs qui dissociaient les particules de matière pour les combats à courte portée.

Ces canons étaient aussi utilisés comme moyen de défense contre les torpilles, mais ils avaient une portée limitée de quatre cent mille à six cent mille kilomètres, suivant les appareils. Face à des torpilles lancées à pleine vitesse, il n'y avait que deux à trois secondes de battement pour les intercepter.

De plus, contrairement aux disques-torpilles embarqués, les gros disques-torpilles planétaires étaient protégés par un champ *Horlzson*. Le Randor ne disposait pas de suffisamment de contre-mesures électroniques ni de torpilles d'interception pour résister à plus de quatre torpilles simultanément.

Avec huit torpilles, lancées à ses trousses, les chances de survies étaient nulles même dans la phase de vitesse de croisière de 0,5c. Il n'y avait qu'un croiseur de combat capable de détruire des cibles multiples.

La situation était pire lorsque les disques se trouvaient en phase d'accélération à 0,9c. À une distance inférieure à seize millions de kilomètres, le système de défense disposait de moins de deux secondes pour détruire ces engins d'attaques.

Pilotées par l'IA du bord, les batteries de disrupteurs devaient maintenir le tir, au moins une demi-seconde, pour saturer le champ *Horlzson* des torpilles planétaires. Avec une célérité de presque 270 000 kilomètres par seconde, l'opération était délicate.

Même avec des systèmes de contre-mesures électroniques et des disques intercepteurs, il était pratiquement impossible d'échapper à une salve importante, correctement guidée.

Heureusement pour Rliostem et Klosteran, le Randor pourrait prendre tout son temps pour détruire les torpilles à l'abri derrière son bouclier d'occultation. Les disques-torpilles allaient perdre leurs données d'acquisition et stopperaient la propulsion afin d'économiser leurs capacités énergétiques. Elles seraient alors de belles cibles pour l'IA du Randor qui pourrait les aligner comme à la parade.

*

Chapitre 4

L'activation des filets de captage du Randor fut enregistrée simultanément par les impériaux et par le centre de contrôle de la base Dordogne. Si en Australie, ce ne fut pas considéré comme positif, Sarian, informé en temps réel, poussa un ouf de soulagement, très terrien.

Les quarante-cinq minutes passèrent très lentement dans une grande tension, de part et d'autre de la planète bleue. Mais, moins de trois minutes avant l'alerte de proximité des disques-torpilles, le Randor disparut totalement des senseurs de détection. Il accéléra rapidement perpendiculairement à la trajectoire de la salve qui, faute d'information sur la cible, bascula en mode veille. Le contrôle de tir du petit aviso furtif ne perdit pas de temps et le disque le plus proche fut immédiatement la cible d'un rayon disrupteur. Dans un même mouvement, les autres disques-torpilles réenclenchèrent leur propulsion en remontant à l'origine du tir, mais le navire avait déjà atteint son objectif et la première torpille disparut dans un nuage d'hydrogène. L'aviso avait aussitôt modifié sa trajectoire.

Dans le centre de contrôle de l'empire, Florilius ordonna l'activation de la distorsion des deux torpilles les plus proches de la dernière position connue du navire. Il espérait que le navire furtif soit suffisamment proche pour être endommagé. Les deux centres de commande enregistrèrent les deux singularités gravitationnelles générées par l'activation des Wimps et l'apparition de deux mini trous noirs éphémères. Florilius faillit réussir son coup, car l'aviso n'était qu'à cent quatre-vingt mille kilomètres de l'une des deux torpilles, louvoyant pour les prendre à revers. Heureusement, la distance était encore trop importante pour endommager sérieusement le vaisseau protégé par son champ *Horlzson*.

Le Randor enregistra néanmoins un fort tangage et le champ furtif vacilla quelques secondes qui parurent interminables aux deux passagers qui craignirent, un instant, que leur furtivité ne soit compromise, ce qui aurait signé leur arrêt de mort. Deux autres disques-torpilles furent également détruits dans l'explosion.

Rendue plus prudente par cet incident, l'IA de l'aviso maintint soigneusement celui-ci hors de portée des deux cent mille kilomètres des engins restants et entreprit de les détruire méthodiquement. Ce petit exercice nécessita moins de dix minutes qui furent suivies, sur Terre, avec une grande attention de la part des deux groupes ennemis.

Devant l'échec patent de l'opération, Florilius ordonna immédiatement le lancement de deux autres salves de torpilles planétaires avec une dispersion sur un large cône spatial. Il espérait encore pouvoir intercepter le vaisseau lorsque celui-ci devrait activer ses capteurs de matière noire pour le saut interstellaire. C'était un moment de vulnérabilité maximum, car l'appareil devait être totalement immobile dans l'espace pour ouvrir un trou de vers et il était alors une cible de choix.

Le commandant de la base terrestre ne se faisait néanmoins pas trop d'illusions sur la probabilité de réussite de cette opération : l'aviso pourrait repasser en mode furtif et détruire les nouvelles torpilles. Le seul intérêt de cette tactique était de le retarder, car Florilius tablait sur l'arrivée prochaine d'une flotte impériale pour inverser la donne et verrouiller le système solaire.

*

Cette stratégie n'avait pas échappé à Rliostem et Klosteran, qui savaient qu'ils ne devaient pas trop tarder bien qu'ils n'attendent pas les premiers appareils de la flotte de guerre de l'empereur avant au moins quatre jours. Ils ne perdirent pas de temps et repartirent à pleine vitesse vers un nouveau point de saut, décalé de trente degrés par rapport à leur trajectoire précédente. Il leur faudrait plusieurs heures pour parcourir un milliard et demi de kilomètres jusqu'à un point de saut situé à une distance légèrement supérieure à l'orbite de Pluton. Ils comptaient transiter le plus vite possible vers un système voisin afin de recharger totalement leurs condensateurs puis prendre la direction du bras du Cygne.

Ce furent des heures de tension pour tout le monde : dans la base australienne, à bord du Carusif, pour les équipes de Sarian et, bien entendu, à bord du Randor.

Tout ce petit monde scrutait les senseurs longue portée, à la recherche de la moindre signature gravitique autre que celles des seize disques-torpilles de la seconde salve tirée depuis la lune de Neptune.

*

Sarian poussa un second "ouf" de soulagement lorsque Xionnes lui annonça que le Randor venait d'activer ses filets de captage, laissant présager un saut quantique dans moins de soixante minutes. La chance semblait de leur côté, car le vaisseau ennemi et les torpilles étaient trop loin pour le menacer avant le saut.

En Australie, ce n'était pas l'euphorie et Florilius ordonna immédiatement à l'IA de repositionner la trajectoire des torpilles tout en sachant qu'il était déjà trop tard pour que la salve, maintenant en vitesse de croisière à 0,5c, rattrape le vaisseau ennemi avant le saut.

- Où en est le Carusif ?

- IL EST ENCORE TROP LOIN D'UN POINT DE SAUT. AUCUNE POSSIBILITE D'INTERCEPTION AVANT LA TRANSITION DU VAISSEAU VERAKIN. PROBABILITE : 97,99%. répondit l'IA de la base impériale.

- Maudit navire furtif ! Sans ce camouflage, nous aurions eu tout le temps de le détruire et peut-être même de l'aborder. IA, est-ce que tout est enregistré en mémoire ?

41

- POSITIF COMMANDANT, TOUT EST CONSIGNE.

Florilius était certain que le commandant de la Sécurité Impériale allait exiger des explications et il était préférable que l'IA apporte les preuves que tout avait été entrepris pour stopper l'appareil des Verakin.

- Il n'y a plus rien à faire du côté de ce vaisseau, concentrez-vous sur la piste du Sud-ouest marocain. Après tout, cet appareil est peut-être un leurre. Ordonna Florilius. Faites revenir le Carusif en orbite, il pourra nous aider si la piste terrestre est confirmée.

L'impérial ne croyait pas trop à cette hypothèse, mais il ne fallait négliger aucune piste. Un sens du devoir qui allait fortement compliquer la vie des fugitifs dans les prochaines heures.

*

Sarian ne perdit pas un instant, car il savait maintenant que le Randor n'était plus la préoccupation majeure des impériaux et qu'ils risquaient de se focaliser sur leurs traces puis remonter jusqu'à eux. La probabilité était faible, mais non nulle qu'ils parviennent à les repérer et leur localisation sur une île, compliquerait leurs options en cas de fuite.

Le chef de la garde des Verakin alla donc réveiller toute son équipe afin de les tenir informés des derniers évènements et de préparer leur voyage sur le porte-conteneurs.

Ils se retrouvèrent tous les cinq, Vira les ayant rejoints, autour d'un café matinal.

- Laissons les jeunes dormir encore un peu, mais commencez à rassembler tout le matériel. Je voudrais être à bord du bateau vers 10h et y rester caché jusqu'à l'appareillage.

- Tu crains qu'ils nous retrouvent ? demanda Darin

- Oui. S'ils se lancent sur la trace du Land, ils peuvent recomposer son itinéraire et découvrir qu'il a stoppé dix minutes sur une plage. Même si leur commandant est totalement abruti, ce dont je doute au vu de la stratégie suivie par leur appareil et par les torpilles, l'IA de leur base va suggérer l'usage d'une embarcation. Comme nous avons utilisé un bateau à moteur, les signatures thermiques satellites seront archivées et baliseront notre trace comme un fanon en pleine nuit. Il ne leur faudra pas longtemps pour être ici.

- Dans ce cas, allons réveiller les jeunes et quittons immédiatement cet hôtel. Proposa Oria, qui prenait les inquiétudes de Sarian très au sérieux.

- Vas-y, mais en douceur. Inutile de les affoler. Explique-leur que nous prendrons notre petit-déjeuner à Funchal sur le port. Darin, Vira et Irias, chargez les monospaces ! Je dois faire un autre point avec Xionnes.

La jeune ildarane alla réveiller les adolescents et leur demanda de se préparer au plus vite à cause des formalités d'embarquement. Aucun d'entre eux n'eut le moindre soupçon.

Sarian allait appeler Xionnes lorsque son téléphone sonna, c'était la base de Dordogne qui l'appelait avec un code rouge.

- Sarian, j'écoute. Que se passe-t-il ? Un problème avec le Randor ?

- Ici Pallaron. Xionnes est parti se reposer. Les senseurs longue distance viennent d'enregistrer une énorme singularité gravitationnelle, à neuf milliards de kilomètres du cœur du système. L'IA ne connaît aucune signature capable d'engendrer un tel ébranlement de la structure de l'espace.

- Bon sang ! On ne les attendait pas avant au moins quatre jours. Comment ont-ils pu arriver si vite ? La Sécurité Impériale a vraiment réagi rapidement et avec du lourd, apparemment. Il n'y a qu'un seul appareil ?

- Oui, mais apparemment très gros. Attends... L'IA m'avertit qu'il y a de nombreuses signatures de déplacements gravitiques en accélération qui s'éloignent de la signature initiale. C'est un porte-croiseurs ! D'un modèle inconnu de notre IA. Seize appareils en dispersion dans tout le système dont un, avec une signature beaucoup plus faible, qui fonce droit sur la Terre à 0,6C ! S'il ne modifie pas ses paramètres de vol, il sera en orbite dans treize heures et trente minutes. Les autres sont des croiseurs de combat, modèles non répertoriés.

- Un seul en direction de la Terre ? Quelle classe ?

- Non répertoriée. D'après la signature émise par ses propulseurs, l'appareil doit être petit, mais il est rapide. Il ne devrait pas accueillir plus de dix à quinze personnes.

- Que nous mijote l'empereur ? Je m'attendais à ce qu'il envoie des centaines de membres des services spéciaux pour nous traquer et il dépêche une petite unité. Sarian prit l'air songeur, mais les rides de son front trahissaient son inquiétude. Il n'aimait pas être dans l'expectative et la stratégie de son ennemi restait énigmatique.

*

Dans la base australienne, l'émergence du porte-croiseurs fut saluée avec satisfaction jusqu'à ce que l'IA avertisse Florilius de l'arrivée d'une communication cryptée avec l'aviso lancé à pleine vitesse vers la Terre.

L'IA DU SQUIRS PRIME M'AVERTIT DE L'ARRIVEE DANS TREIZE HEURES TRENTE DE L'UNITE SQUIR DE L'EMPEREUR. DOUZE PERSONNES SONT A BORD DU SQUIRS PRIME ET ILS ATTENDENT LA COOPERATION DES EQUIPES AU SOL. J'AI DEJA TRANSMIS TOUTES LES INFORMATIONS, EN MA POSSESSION, A L'AVISO IMPERIAL. FIN DE MESSAGE.

- Qu'est-ce que c'est que cette unité squir ? interrogea Gorantim

- Je n'en sais absolument rien. Si je ne me trompe pas, le squir est un reptile très rapide et partiellement intelligent découvert sur Sertone Prime, la planète principale des Seravon ? Le plus curieux est qu'ils ne nous aient même pas contactés. Répondit Florilius. IA, de quelles ressources ont-ils besoin à bord des autres navires dans le système ?

- Il n'y a aucun humain a bord des autres batiments, ce sont des unites automatiques pilotees par les IA

- Tu as des informations sur ce porte-croiseurs ?

- Oui, il s'agit du batiment amiral de la flotte d'Ildaran Prime et navire personnel de l'empereur. Il peut embarquer seize croiseurs avec tous les besoins en ravitaillement. C'est une forteresse spatiale capable de transiter sur de tres grandes distances. Apparemment, c'est une unite tres recente fabriquee a la demande expresse de Kera 1er. C'est tout ce que l'IA de bord a accepte de me communiquer. Aucune information sur ses systemes d'armes.

- Commandant, un appareil revient vers le porte-croiseurs, annonça le préposé aux senseurs longue distance.

- IA, estimation probabiliste de ce mouvement ? demanda Florilius

- Les croiseurs ont ete avertis de la position du navire ennemi, mais aucun croiseur ne pourra le rattraper a temps. L'IA du batiment amiral a estime possible a 52,9% la possibilite de transiter avec le porte-croiseurs a portee du navire Verakin et de l'intercepter avant qu'il ne s'echappe. Un croiseur va etre embarque pour abordage. La transformation d'energie pour effectuer ce saut ne va necessiter que douze minutes.

- Là ils vont être pris au dépourvu, car il est peu probable qu'ils aient anticipé ce mouvement se réjouit Florilius IA, mets-moi en communication avec le chef de cet escadron Squir.

- VOUS ETES EN COMMUNICATION COMMANDANT, répondit l'IA pendant que les écrans montraient l'intérieur cossu d'un appareil qui n'avait rien de militaire.

- Ici Florilius, commandant de la base terrestre de l'Empire. Je vous souhaite la bienvenue ainsi qu'à vos hommes. Nous sommes tous à votre disposition. Commença l'officier avant que son interlocuteur ne l'interrompe.

- Je sais qui vous êtes. Le coupa son interlocuteur, d'un ton sec. Avez-vous des informations utiles à me communiquer avant notre arrivée que votre IA n'aurait pas déjà transmises ?

- En effet nous pensons que le navire en cours de transit est un leurre et que l'héritier Verakin est toujours sur la planète. Répondit le commandant, mal à l'aise.

- Qu'est-ce qui vous fait penser cela ? demanda le Squir soudain intéressé.

- IA, communiquez au capitaine les données sur la piste du Sud-ouest marocain.

- C'EST FAIT COMMANDANT.

Le chef des Squirs se figea pour prendre connaissance des informations qui s'affichaient sur la projection holographique des neurorécepteurs de ses nerfs optiques améliorés par les Nanocrytes militaires.

- Oui… , vous avez peut-être raison. Je m'appelle Corvin, je suis le capitaine en chef des unités squirs. Si votre hypothèse se vérifie, vous serez récompensé commandant assura l'homme en coupant la communication.

- Nous avons intérêt à ce que le jeune Verakin soit encore sur
Terre et qu'ils le trouvent rapidement sinon nous allons au-
devant de gros ennuis vous et moi conclu Florilius, en regardant
son adjoint Gorantim, l'air soucieux.

*

47

Chapitre 5

À bord du Randor, Rliostem et Klosteran avaient détecté l'énorme singularité gravitationnelle et repéré les navires. Ils ne s'étaient pas inquiétés, outre mesure, se croyant hors de portée. Pourtant lorsque l'IA de bord les alerta du changement de cap d'un navire et sur l'activation des filets de captage du porte-croiseurs, ils comprirent rapidement ce que les impériaux avaient en tête.

- IA, quelle est la probabilité d'un saut du navire ennemi d'ici moins de vingt minutes ? Voulut aussitôt savoir Rliostem.

- JE NE POSSEDE PAS D'INFORMATION SUR CE BATIMENT NI SUR SA MASSE EXACTE, MAIS COMME IL TRANSPORTE SEIZE CROISEURS, IL EST PARTIELLEMENT CREUX. IL DOIT CONTENIR DE TRES PUISSANTS CONDENSATEURS KIN, CAR SES FILETS DE CAPTAGE ONT UNE SURFACE VINGT-CINQ FOIS SUPERIEURE A CEUX D'UN CROISEUR DE COMBAT. PROBABILITE DE SAUT AVANT VINGT MINUTES AVEC LES DONNEES ACTUELLES : 68,87%.

- Il devrait pourtant avoir besoin d'au moins deux heures pour recharger en matière noire et transformer suffisamment d'énergie pour faire transiter un appareil de cette masse ! s'étonna Rliostem.

- Je ne pense pas. On ne les attendait pas avant au moins quatre jours. S'ils sont déjà ici, c'est que cet appareil doit être excessivement performant sinon ils ne tenteraient pas l'opération. Ils doivent savoir que nous sommes en plein captage et que nous serons prêts à transiter d'ici moins de trente minutes avança Klosteran.

- Dans ce cas, il faut transiter au plus vite. IA stabilisation inertielle du Randor. Calcule un saut vers l'étoile Luyten 726-8.

L'étoile Luyten 726-8, suivant la nomenclature astronomique terrienne, se trouvait dans la constellation de la Baleine à 7,9 années-lumière du système solaire. Un saut de puce, mais suffisant pour tenter de semer les impériaux qui ne pouvaient pas suivre la trace d'un appareil, lors d'un déplacement quantique. La distance avec Luyten 726-8 était trop importante pour que l'ébranlement de la structure de l'espace à l'émergence soit détectable depuis le système solaire.

- PROCEDURE D'IMMOBILISATION INERTIELLE ENCLENCHEE, NOUS AVONS SUFFISAMMENT D'ENERGIE KIN POUR UN SAUT DE MOINS DE DIX ANNEES-LUMIERE, informa l'IA. QUATRE AUTRES CROISEURS ONT MODIFIE LEUR COURSE, MAIS ILS NE SE DIRIGENT PAS VERS LE NAVIRE AMIRAL.

- Cap ? s'enquit Klosteran.

- PERIPHERIE DU SYSTEME, ILS CHERCHENT CERTAINEMENT UN POINT DE SAUT. PROBABILITE : 98,44%.

- Ils ne peuvent pas nous intercepter alors ils vont quadriller au hasard les étoiles les plus proches escomptant que nous n'ayons pas assez d'énergie pour une transition sur une longue distance. Jura Klosteran.

- TRANSITION VERS L'ETOILE DE LUYTEN 726-8 DANS TROIS MINUTES

- Bien, on va s'en sortir, mais il faudra déployer les filets de captage dès l'émergence afin d'être capable de sauter aussi vite que possible vers une autre étoile. Même si ce n'est pas le plus rapide, nous multiplierons les transitions et ils n'ont pas assez d'appareils pour suivre toutes les destinations possibles, même avec des drones de chasse

- LE NAVIRE AMIRAL REPLIE SES FILETS DE CAPTAGE

- Si vite ! Transition d'urgence, ils vont sauter d'une seconde à l'autre. Hurla Klosteran.

- TRANSITION DU RANDOR DANS TROIS SECONDES.

- SAUT QUANTIQUE DETECTE A TROIS MILLIONS DE KM. SALVE DE HUIT TORPILLES EN ACCELERATION A NEUF MILLE GRAVITES, TRANSITION QUANTIQUE DU RANDOR ACTIVEE.

Les disques-torpilles arrivèrent à l'emplacement quitté par le Randor, moins de deux secondes et demie après la disparition du navire. Sans la réaction de Klosteran après le changement de trajectoire du premier croiseur ils auraient été annihilés. Il s'en était fallu d'un cheveu.

*

À bord du Squirs Prime, Corvin prit la situation avec sang-froid. Il avait tenté d'intercepter le bâtiment, mais ses navires n'étaient pas dans une configuration optimale pour réussir.

- IA AMIRALE AU RAPPORT, LE NAVIRE EST PARVENU A NOUS ECHAPPER DE DEUX SECONDES VINGT ET UN CENTIEME. D'APRES L'INTENSITE DE L'EBRANLEMENT DE STRUCTURE, LE SAUT EST DE COURTE DISTANCE DANS UNE SPHERE DE DIX ANNEES-LUMIERE MAXIMUM. CALCUL DE PROBABILITES DE SAUT VERS LES ETOILES LES PLUS PROCHES, SUIVANT DENOMINATION TERRIENNE : ALPHA/PROXIMA CENTAURI A 4,3 AL, ÉTOILE DE BARNARD A 5,9 AL, WOLF 359 A 7,7 AL, LUYTEN 726-8 A 7,9 AL, LALANDE 21185 A 8,2 AL, SIRIUS A 8,7 AL. J'AI RAPPELE A BORD TOUTES LES TORPILLES Y COMPRIS CELLES LANCEES DEPUIS NOTRE PLATEFORME SUR PROTEE PAR LA BASE LOCALE.

- Bien, tactiquement ils ne devraient pas choisir l'étoile la plus proche. Communique les coordonnées des suivantes à chacun de nos appareils et qu'ils transitent dès que possible. Estimation de leurs délais de transition ? s'enquit froidement Corvin.

- LE SARIOTE 2 POURRA TRANSITER D'ICI SIX MINUTES LES QUATRE AUTRES APPAREILS DOIVENT ATTEINDRE UN POINT DE SAUT : LEURS IA ME COMMUNIQUENT DES POSSIBILITES DE TRANSITIONS DE HUIT MINUTES POUR L'OPRIUS, ONZE

51

- Ce sera probablement trop tard, mais envois-les au fur et à mesure sur les coordonnées des systèmes désignés. Ordonna le capitaine.

- Il nous a échappé, jura Niir, le second de Corvin

- Rien n'est encore joué. Avec un peu de chance l'un de nos croiseurs va l'intercepter en plein captage de matière noire s'ils commettent l'erreur de vouloir recharger, pour un saut longue distance. Et puis je crois que l'hypothèse de ce Florilius est plausible : l'héritier Verakin est peut-être encore sur Terre. Si c'est le cas, nous ne mettrons pas longtemps à le retrouver. Répondit Corvin avec un sourire froid que lui connaissaient ses hommes lorsque l'excitation de la chasse le prenait.

Le Squirs Prime fonçait à pleine vitesse vers la Terre, ses propulseurs gravitiques au maximum de leurs capacités.

- Pour l'instant, il n'y a rien à faire. Allons nous reposer. IA alerte-moi au moindre incident.

- BIEN CAPITAINE

*

Les manœuvres de poursuites avaient été suivies en direct par Sarian, qui y voyait la preuve d'un ennemi compétent et réactif. Ce qui n'était pas de nature à le rassurer. Il ne tenait pourtant pas à alarmer inutilement les membres de l'équipe.

- Le Randor s'est échappé, mais il semble que plusieurs croiseurs soient à sa poursuite, nous ne saurons pas s'il a pu s'en sortir, car il y a peu de chance de l'apprendre par les impériaux

- J'avais cru comprendre qu'il n'était pas possible de suivre un navire lors d'une translation quantique. demanda Paul

- Ouah, tu vas devenir un vrai spationaute ! s'exclama Alex impressionné.

- Tu as parfaitement raison Paul. Répondit Sarian. Ils ne le suivent pas réellement. Ils transitent vers les destinations plausibles, compte tenu de l'intensité de l'ébranlement de la structure de l'espace au moment du saut. Il y a très peu de chance, statistiquement parlant, d'intercepter un bâtiment de cette façon, mais on ne peut pas leur reprocher d'essayer. Ils doivent également compter sur le facteur psychologique, car nous ne serons jamais certains que notre navire ait pu s'échapper.

- Tu penses qu'ils savent que nous sommes toujours sur Terre ? s'alarma Paul.

- Je ne le crois pas, en ce qui te concerne, mais ils doivent penser qu'il reste une petite équipe qui pourrait se sentir isolée de l'empire et condamnée à rester sur terre. Un bon moyen de proposer une reddition et la promesse de clémence en échange d'informations. Supposa Oria.

- Nous sommes bientôt arrivés au port. Les interrompit Darin, en garant le Ford. Préparez-vous à monter à bord du porte-conteneurs.

- J'ai un appel de Xionnes. Montez, je vous rejoins. Indiqua Sarian au reste du groupe. Je t'écoute Xionnes.

- Le glisseur tourne en rond à proximité de la plage marocaine où vous avez embarqué, transmit l'homme, depuis la Dordogne.

- Il se doute de quelque chose, il est temps de quitter Madère. Où en est Telius ? Chercha à savoir Sarian.

- Aux dernières nouvelles : il était à l'aéroport de Funchal, attendant un vol à destination de Paris.

- Si tu l'as en ligne, demande-lui de rejoindre la base directement après son arrivée à Paris. Si les impériaux nous repèrent, nous devrons peut-être tout verrouiller. Je te laisse, je dois rejoindre les autres à bord. Appelle-moi s'il y a du nouveau.

- OK, bonne chance

Sarian emprunta la passerelle reliée au quai et rattrapa le reste du groupe qui suivait un marin les accompagnant à leurs cabines. Les installations n'avaient plus rien à voir avec le luxe du First Episode. Chaque cabine comportait deux couchettes superposées, il n'y avait aucun chauffage apparent et les sanitaires étaient situés au bout du couloir.

- C'est plutôt spartiate comme confort, fit remarquer Mélanie.

- Ah ! C'est que mademoiselle s'est habituée au luxe, lui lança Alex d'un ton narquois.

- Non. C'est juste un constat, répondit l'adolescente, un peu vexée par la remarque de son petit ami.

- Allons, les jeunes, c'est provisoire et nos ennemis devraient perdre notre trace, intervint Darin pour calmer le jeu.

La jeune fille détourna son regard, l'air de dire qu'elle en avait assez de ces pérégrinations. C'est le moment que choisit le commandant Fortier pour se présenter.

- Bonjour et bienvenue à bord de mon navire. Comme j'ai déjà eu l'occasion de le dire à monsieur Mariq qui m'a contacté : ce bâtiment de marchandises ne convoie habituellement pas de passagers et seule l'urgence de votre situation m'a fait accepter de vous emmener. J'espère que vous plairez à bord.

- Merci capitaine, nous apprécions votre générosité. Nous ne vous gênerons pas et resterons la plupart du temps dans nos cabines ainsi que dans la partie de la cale que vous avez accepté de nous octroyer. Répondit Sarian.

L'ildaran ne faisait aucune mention de la somme rondelette que Mariq avait remise au capitaine pour la compensation de son geste généreux face à une urgence majeure. Le commandant Fortier n'avait posé aucune question même s'il s'interrogeait sur ses passagers et apparemment la transaction arrangeait tout le monde.

- Les repas vous seront servis à 9h, 14h et 20h, heure française, lorsque mes officiers et moi-même aurons mangé. Notre cuisinier est prévenu et vous préparera des repas améliorés par rapport à l'ordinaire. J'ai fait approvisionner de la nourriture en supplément pour vous. Compléta l'officier de marine.

- Un grand merci, capitaine, nous apprécions votre geste doublement, acquiesça courtoisement Sarian.

- Bien. Je dois maintenant vous laisser pour surveiller les derniers préparatifs avant l'appareillage. Si vous avez besoin de me joindre, faite le 0 sur l'un des téléphones de bord, vous serez en communication avec la passerelle qui saura toujours où me trouver

- Merci encore pour votre hospitalité capitaine, nous nous verrons, j'espère, après le dîner ? demanda Darin.

- Bonne idée. Je passerai vous rejoindre pendant que vous dînerez. À tout à l'heure, conclut le commandant, en tournant les talons.

- Installez-vous tranquillement dans vos cabines et restez-y tant que nous n'aurons pas quitté le port, demanda Sarian à tout le groupe. Inutile de nous faire remarquer sur le pont, je préfère laisser le moins de traces possible. Irias et Vira vous vous partagerez une cabine, Darin vient avec moi. On va laisser Oria tranquille pour quelques heures. Cela vous convient-il ma chère ? sourit-il à la jeune femme, sur un ton facétieux.

- Mais parfaitement répondit-elle malicieusement avec un mouvement faussement hautain de la tête. Malgré la situation, les ildarans n'avaient pas perdu leur sens de l'humour.

- Bien, retrouvons-nous à 14h, le navire sera en pleine mer et nous et nous irons déjeuner.

Tout le monde s'installa au mieux dans les cabines étriquées et Sarian pensa enfin s'accorder un peu de repos.

Le répit fut pourtant de courte durée, car, moins de trente minutes plus tard, Xionnes venait au rapport.

- Oui Xionnes, du nouveau du côté des impériaux ?

- De ce côté-là : rien à signaler. Leur glisseur s'est posé non loin de la côte, mais comme il fait jour ils ne peuvent plus trop farfouiller, sans se faire remarquer. Non, le souci vient des adolescents.

- Ils sont avec nous ! s'exclama Sarian, plutôt surpris par les paroles de son subordonné.

- Oui. Et c'est la source du problème, ils ont été déclarés enlevés à 9h ce matin.

- Comment est-ce présenté au public ? interrogea Sarian, qui sentait venir les complications.

- Je n'ai pas trop d'information pour le moment puisque l'on n'a plus personne sur place. C'est Briza qui est à Casablanca, qui m'a averti. Il semble que les parents des adolescents aient cherché à les contacter et, devant l'absence de réponses sur leurs téléphones portables, aient contacté le club. Naturellement, ils ne les ont pas trouvés et ont contacté la police marocaine. Celle-ci pense à un enlèvement, car des témoins rapportent les avoir vu monter avec des adultes dans un grand 4x4 de couleur beige.

- Cela ne va pas arranger nos affaires, car j'imagine qu'ils vont diffuser leurs portraits-robots à la télévision ?

- C'est déjà fait. Ils en ont parlé dans les journaux d'information sur les télévisions marocaines et les chaînes d'infos françaises.

- Espérons que cela ne passera pas sur les télévisions espagnoles ni portugaises, car les douaniers pourraient les reconnaître ainsi que le personnel de l'hôtel Calheta Beach. Je vais devoir également gérer ici, car ce navire est sous pavillon français et il est probable que l'information circule à bord.

- L'IA surveille également les chaînes espagnoles et portugaises et je vous préviendrai s'il y a du nouveau.

- D'accord. Prochain point vers 15h, sauf urgence. Ajouta Sarian.

- À tout à l'heure. Conclut Xionnes en coupant la communication.

*

En Australie, il était déjà 18h et Florilius commençait à s'impatienter de l'absence de résultats du côté de l'équipe envoyée en glisseur sur la côte marocaine. L'IA avait, bien entendu, reconnu Paul dans les journaux télévisés marocains et l'officier comptait sur son subordonné pour retrouver leur trace.

- IA, mets-moi en communication avec Gorantim.

- Vous avez une ligne cryptée, non traçable par le bâtiment en approche, commandant. J'ai supposé que vous souhaitiez un échange privé, répondit l'IA de la base.

- Bien raisonné, comme d'habitude. Gorantim ?

- Oui commandant ?

- Qu'avez-vous trouvé au Maroc ?

- Pour le moment : rien de concret. Nous avons renvoyé le glisseur en orbite, car il fait jour ici puis nous nous sommes rendu à pied dans la ville la plus proche et interrogeons actuellement la population locale. Nous nous sommes séparés en deux équipes afin de ratisser les plages. Je suis avec Miol dans un taxi et nous contrôlons la 3e plage. Rapporta le lieutenant impérial.

- L'IA a confirmé l'identification du jeune Verakin comme faisant partie des quatre jeunes enlevés à Marrakech. S'il est encore sur Terre, trouvez-le. Inutile de vous rappeler que le commando

57

squir sera là dans moins de sept heures et j'aimerais avoir quelque chose de concret à leur présenter.

- Moi aussi commandant. Je suis conscient de l'enjeu : nous risquons nos têtes.

- Nous nous comprenons parfaitement. Si vous ne trouvez rien d'ici deux heures, décollez en direction des îles espagnoles les plus proches. S'ils ont embarqué sur un navire de surface, ce n'est pas pour rester au Maroc. L'IA analyse tous les renseignements sur les vols réguliers ainsi que les données provenant des caméras installées dans les aéroports canariens, mais rien ne correspond. Ils sont peut-être encore sur l'une de ces îles.

- OK, je vous recontacte d'ici deux heures et transmets à l'autre groupe. Terminé, commandant.

Plus le temps passait, plus Florilius était convaincu que son hypothèse était juste. Les fugitifs devaient avoir rejoint les îles Canarie et la fuite de l'aviso furtif était une diversion. Les chances d'échapper aux poursuites étaient trop faibles et aucun responsable de la vie de l'héritier Verakin n'aurait pris un risque pareil, tant qu'il existait une autre alternative. Mais maintenant, il fallait les retrouver avant que le commando de la Sécurité Impériale n'arrive.

- COMMANDANT, APPEL DE GORANTIM.

- Ouvre une holocom. demanda Florilius

- Commandant, je suis sur une plage qui correspond à celle où le véhicule ciblé s'est arrêté vingt minutes avant de remonter vers le nord. Il y a des traces de passage de plusieurs personnes en direction de la mer et une marque qui pourrait correspondre à un bateau pneumatique, mais c'est partiellement effacé par la marée.

- J'en étais sûr. Ils sont aux Canaries ! IA recherche tous les bâtiments de surface ayant longé ou abordé les côtes marocaines, dans la période de dimanche soir à lundi midi. Ordonna aussitôt l'officier

- CETTE OPERATION EST DEJA EN TRAITEMENT COMMANDANT. J'AI ISOLE UN BATIMENT QUI S'EST IMMOBILISE A QUELQUES CENTAINES DE METRES DE LA PLAGE OU SE TROUVE GORANTIM PUIS S'EST DIRIGE VERS LANZAROTE, L'UNE DES ILES DES CANARIES.

- Où est-il maintenant ? s'enquit le commandant, excité par la traque.

- J'AI UNE SIGNATURE NETTE JUSQU'A UN PORT DE L'ILE DE LANZAROTE, MAIS LA SIGNATURE SE BROUILLE : CAR IL Y A ENORMEMENT DE BATEAUX A MOTEUR, DANS CETTE ZONE. JE POURRAIS FOURNIR UNE EVALUATION DANS DOUZE MINUTES.

- Parfait. Gorantim, vous avez entendu ? demanda l'officier à la représentation tridimensionnelle de son subordonné projetée face à lui.

- Oui commandant

- Réunissez votre équipe et décollez en direction de cette île espagnole. S'ils y sont encore, je veux que vous les attrapiez avant les squirs. Ce serait un beau pied de nez à ces prétentieux de la Sécurité Impériale et de bonnes chances d'avancement pour nous.

- Nous sommes en route commandant. J'ai appelé le glisseur qui va s'immobiliser à dix mille mètres d'altitudes et nous transiterons directement à bord pour gagner du temps. Nous serons au-dessus de Lanzarote dans quinze minutes, mais nous devrons être prudents, car l'île est très peuplée et je ne suis pas sûr qu'arriver avec un appareil antigrav, en plein jour, soit recommandé.

- Faites au mieux Gorantim, vous avez toute ma confiance. Répliqua Florilius, signifiant qu'il se moquait de la méthode, mais exigeait des résultats.

*

Le Randor était immobile depuis dix-sept minutes, filets de captage déployés, au large du système de l'étoile Luyten 726-8 à presque huit années-lumière de la Terre et Rliostem commençait à s'impatienter.

- IA, combien de temps, encore, avant une possibilité de saut ?

- ENCORE TROIS MINUTES ET NOUS AURONS SUFFISAMMENT DE MATIERE NOIRE TRANSFORMEE POUR UN SAUT DE VINGT ANNEES-LUMIERE. PREFEREZ-VOUS RECHARGER PLUS OU TRANSITER DES MAINTENANT ?

- Calcule un saut en urgence. Je me méfie de ces impériaux et de leur gros vaisseau. Restons prudents : programme une transition d'ici dix minutes. Je préfère effectuer des sauts plus courts, mais lâcher au plus vite ces navires lancés à nos trousses.

- SINGULARITE GRAVITATIONNELLE A 60° A LA PERIPHERIE DU SYSTEME, IL S'AGIT DE L'UN DES VAISSEAUX IMPERIAUX LANCES A NOTRE POURSUITE DANS LE SYSTEME SOLAIRE.

- Active la transition d'urgence que je t'ai fait calculer.

- SAUT ENCLENCHE.

Le Randor disparu de l'espace einsteinien, moins de trois secondes après avoir été repéré par les détecteurs du Carou 4 qui avait déjà transité à distance de combat du navire fugitif. La chasse s'arrêtait là, car il y avait maintenant trop de destinations possibles, dans une sphère de quelques dizaines d'années-lumière, et le petit vaisseau avait eu presque vingt minutes pour ravitailler. Même en lançant des drones de chasse, la probabilité de les suivre sur le

60

prochain saut avoisinait moins de 10% puis 2% pour le saut suivant.

L'IA du Carou 4 recalcula un saut quantique et transita aussitôt en direction du système solarien.

*

Gorantim et son équipe transitèrent à bord de leur glisseur qui prit aussitôt la direction de Lanzarote alors l'IA de la base australienne transmettait le résultat de ses recherches.

LE BATIMENT DE SURFACE QUI A MOUILLE NON LOIN DE LA PLAGE MAROCAINE SEMBLE AVOIR FAIT UNE ESCALE DE TROIS HEURES A LANZAROTE PUIS S'EST DIRIGE VERS LE NORD. LA PROBABILITE QU'IL S'AGISSE DU MEME BATEAU EST DE 78,89%. CE BATIMENT A ETE REJOINT PAR UN AUTRE NAVIRE A SEPT KILOMETRES DES COTES ET ILS SONT RESTES IMMOBILES DURANT TRENTE MINUTES PUIS L'UN EST REPARTI VERS LES CANARIES ALORS QUE L'AUTRE A PRIS LA DIRECTION DE L'ILE DE MADERE. IL A VRAISEMBLABLEMENT SOMBRE, CAR IL Y A UNE SOUDAINE DISPARITION DE LA SIGNATURE THERMIQUE DES MOTEURS DE L'EMBARCATION.

- Ils sont à Madère ! Gorantim, allez-y et trouvez-les. Ordonna Florilius.

- Ou alors ils ont changé de bateau au large des Canaries ? suggéra le lieutenant impérial.

- IA, où est le second navire de surface ? répliqua le commandant.

- AU PORT MILITAIRE DE L'ILE DE LANZAROTE.

- Ce devait être un contrôle de police. Gorantim, cap sur Madère et trouvez-les. Ordonna l'officier supérieur.

- À vos ordres commandant. Nous y serons dans vingt minutes : nous transiterons en individuel pour commencer nos recherches et laisserons le glisseur en altitude.

- Parfait. Que le glisseur balaye toute l'île à la recherche de la moindre trace d'énergie Kin. Ils doivent avoir des boucliers Horlzson et on devrait les repérer avec un peu de chance. Il y a un port en face du mouillage du bâtiment de surface, ils doivent être passés par là. Gorantim et Miol, commencez à rechercher des témoins.

- Bien commandant. Je vous rappelle lorsque nous serons à terre. Terminé.

Florilius était songeur, il lui fallait absolument une preuve du passage de l'héritier Verakin pour le chef des squirs.

*

Chapitre 6

Gorantim et Miol émergèrent de leur trou de vers individuels à l'abri de la jetée de l'hôtel Calheta Beach, au moment où le porte-conteneurs quittait le port de Funchal. Alors que les deux impériaux commençaient la chasse aux témoins ayant aperçu le groupe de fugitifs, Sarian montait sur le pont du navire pour voir l'île portugaise s'éloigner tranquillement à la vitesse de vingt-trois nœuds. Une fois de plus, la chance était de leur côté, mais leurs adversaires se rapprochaient dangereusement.

Le groupe se retrouva pour le déjeuner, dans le carré du navire, après que l'équipage eu pris son repas. Ce fut l'occasion de se détendre un peu, car ils pensaient tous, Sarian mis à part, avoir semé durablement leurs poursuivants. Paul avait retrouvé sa joie de vivre, Stéphanie se sentait en sécurité pendant qu'Alex faisait le clown pour tenter de distraire sa compagne. Rien ne laissait penser, à les voir ainsi, qu'ils étaient les cibles d'enjeux interstellaires.

À Madère, Gorantim et Miol avaient déjà interrogé le personnel de l'hôtel et plusieurs employés avaient formellement reconnu Paul. La diversion offerte par la fuite du Randor avait été de courte durée : les impériaux savaient maintenant que l'héritier Verakin était toujours sur Terre. Florilius s'était empressé de communiquer la nouvelle au capitaine des squirs à bord de leur aviso.

Corvin avait accueilli l'information avec satisfaction et assuré que lorsque son équipe serait posée ils ne tarderaient pas à retrouver les fugitifs. Le commandant de la base australienne se demandait bien de quels moyens disposaient ces squirs pour que leur chef soit aussi confiant, mais s'abstint de l'interroger sur ce sujet, se contentant d'approuver.

Les heures suivantes passèrent sans évènement particulier. Le soir tombait doucement et le soleil s'approchait lentement de l'horizon. Stéphanie et Paul profitèrent du romantisme, de ce coucher de soleil en pleine mer, pour discuter un peu de l'avenir.

Oria semblait détendue à quelques pas d'eux et capta quelques éclats de voix trahissant leur désaccord. Darin et elle avaient provisoirement renoncé à entraîner Paul, préférant laisser tout le monde se relaxer un peu. Après tout, ce n'était pas quelques heures de formation, de plus ou de moins, qui changerait la situation, si les impériaux les retrouvaient. Sarian discutait avec Darin et Vira, en buvant un thé, alors qu'Alex et Mélanie avaient choisi de s'isoler dans leur cabine. Le groupe semblait savourer le calme avant la tempête.

*

En Australie, il était 5h du matin et Florilius avait peu dormi, car le Squirs Prime était en approche et le commandant de la base s'attendait à voir les membres du commando transiter directement au sol, dans les minutes à venir.

Effectivement, le vaisseau n'était pas encore en orbite géosynchrone que le chef des squirs se matérialisa seul dans le central de commandement de la base impériale, bien que la distance soit de trente-six mille cinq cents kilomètres, presque à la limite des possibilités d'une transition individuelle dans un système.

- Florilius ! Rapport. Attaqua immédiatement Corvin

- Comme je vous l'ai transmis, nous avons retrouvé la trace du Verakin à Madère. Il n'était pas à bord du navire qui a quitté ce système. Répondit l'ildaran, sur la défensive.

- Je vous félicite, commandant pour votre perspicacité et votre efficacité dans cette affaire. L'Empereur en sera informé et nul doute qu'il vous récompensera personnellement. Comme vous le savez, cette affaire est particulièrement délicate et je vais la diriger directement. Je prends officiellement le commandement de cette base jusqu'à ce que nous quittions cette planète. N'y voyez aucunement une quelconque atteinte à votre autorité : il s'agit uniquement de garantir une efficacité maximum à mes hommes. N'ayez crainte, sourit Corvin. Je perçois votre trouble.

Florilius n'avait pas cillé, mais ses pensées l'avaient trahie.

- Oui en effet, vous êtes perspicace. Je suis un psykan. Je vous félicite pour votre sens de l'observation. Le complimenta le squir.

Florilius était mortifié par la situation et ne savait pas ce qui le perturbait le plus : perdre le commandement de la base ou découvrir que ces squirs étaient des psykans. À sa connaissance, ni la sécurité spatiale ni la garde personnelle de l'Empereur n'avaient jamais admis de psykans en leurs seins. Qu'avait fait Kera 1er !

- Ne vous inquiétez pas, Florilius. Les squirs ne sont pas nombreux. Nous sommes l'unité d'élite attachée à la protection directe de l'Empereur et nous n'intervenons que très rarement dans des opérations extérieures.

- Je suis sûr que la confiance de l'Empereur est bien placée, se hâta d'ajouter Florilius. Capitaine Corvin, je vous remets officiellement le commandement de la base impériale sur Terre ainsi que de tous les équipements de ce système. Permettez-moi de me retirer afin de me reposer un peu : nous sommes en alerte maximum depuis soixante-douze heures locales et je n'ai pas dormi.

- Bien entendu, commandant. Corvin appuya sur le mot commandant, signifiant ainsi que Florilius n'avait en rien démérité. Vous avez bien œuvré, je vous tiendrai personnellement informé de nos recherches et, rassurez-vous, nous ne resterons pas longtemps. Nous allons les retrouver rapidement. Conclut le squir, avec un sourire carnassier.

Florilius prit congé dans ses quartiers, convaincu que les unités spéciales allaient, en effet, retrouver rapidement la piste des fugitifs. Si tous les hommes de son équipe étaient des psykans, il allait être difficile aux fuyards de continuer de se cacher. La traque avait été longue et finalement l'officier n'était pas mécontent d'avoir dû laisser son commandement. Après tout, il avait retrouvé la trace de l'héritier Verakin. L'aviso furtif s'était échappé, mais le porte-croiseurs commandé par Corvin n'avait pas non plus réussi à l'intercepter et il ne pourrait pas être tenu responsable de cet échec. Si, comme il le pensait, Corvin réussissait à trouver rapidement les Verakin, il retrouverait son commandement et en sortirait grandi.

*

En Atlantique, le porte-conteneurs continuait tranquillement sa route vers le nord-est. Les adolescents, comme les ildarans, avaient réintégré leurs cabines respectives et tous s'attendaient à passer une nuit paisible, bercée par la houle. Sarian put enfin récupérer et dormir six heures d'affilée, sans être réveillé par une mauvaise nouvelle. Ils se retrouvèrent tous au petit-déjeuner à 9h, dans le réfectoire du navire. Le capitaine Fortier vint les saluer et leur proposa de visiter, dans la journée, la passerelle ou toute autre partie du bâtiment qui pourrait les intéresser. Les adolescents s'empressèrent d'accepter et ils se retrouvèrent tous à 10h30 dans le poste de commande, l'occasion pour le capitaine et son second de leur présenter les équipements de navigation.

Sarian avait demandé à Oria de sonder brièvement l'officier afin de savoir si la nouvelle de la disparition des adolescents était parvenue jusqu'au navire. Le commandant Fortier ne semblait au courant de rien, mais un membre de l'équipage pouvait avoir entendu quelque chose sur une chaîne satellite, sans, nécessairement, en référer au pacha. Les adolescents eurent néanmoins l'autorisation de visiter le navire, Oria pourrait toujours effacer postérieurement la mémoire des hommes du bord.

La visite commença par le pont F, situé sous la passerelle, où se trouvaient les cabines du capitaine, du second capitaine et des 1er et 2nd officiers-mécaniciens. Le petit groupe, accompagné par le capitaine Fortier, se dirigea ensuite vers les ponts C et D qui accueillaient les cabines de l'équipage, puis par le pont B où se trouvait la cuisine avec le mess officiers et passagers et le mess équipage. Face aux mess respectifs se trouvaient le carré des officiers et le carré de l'équipage que le groupe de Sarian avait déjà eu l'occasion de pratiquer.

Le pont A, encore un étage au-dessus du pont principal, hébergeait le centre administratif du bateau où se déroulaient les formalités de gestion : chargement, enrôlement ou inscription de l'équipage. La visite se poursuivit ensuite dans la salle des machines et tous furent impressionnés par le gigantisme des moteurs et des arbres des hélices. La matinée passa ainsi si rapidement que l'heure du déjeuner se rapprochait déjà. Le commandant se joignit à eux à table, ses officiers ayant déjà terminé leur repas.

*

À Madère, deux membres du commando de Corvin avaient rejoint Gorantim et Miol par saut quantique. Ils avaient sondé les témoins interrogés par les impériaux et il était indiscutable que l'héritier Verakin se trouvait encore sur Terre. Malheureusement, aucun témoin ne savait où les fugitifs étaient allés et les squirs allaient devoir ratisser toute l'île. Ils disposaient néanmoins d'un énorme avantage sur les hommes de Florilius : leurs capacités psys qui leurs permettaient de sonder les habitants.

À douze, il leur faudrait moins de quarante-huit heures pour trouver un témoin ayant encore en mémoire le passage de l'un des fugitifs. C'était une estimation, mais ils ne se privèrent pas de l'annoncer à Florilius et Gorantim …

Corvin savait qu'ils ne pourraient peut-être pas retrouver directement les gardes de l'ancien empereur si ceux-ci portaient des résilles de protection *Kries,* mais il était peu probable qu'ils se doutent que des psykans soient à leur poursuite. De toute façon, ils ne pouvaient pas rester durablement isolés et seraient bien aperçus par des locaux qui trahiraient involontairement leur présence.

Les squirs allaient recourir à un balayage mental généralisé qui présentait l'avantage de pouvoir ratisser un territoire très large. Le revers de cette méthode : était que, contrairement à un interrogatoire direct, il était impossible d'orienter le sujet sur un détail particulier et les psykans seraient dépendants du vagabondage mental des résidents de l'île. Une limitation dans leurs recherches, rendue nécessaire par l'ampleur de la tâche à accomplir sur les quelque 270 000 personnes, présentes sur Madère.

Corvin ordonna à l'IA de son navire de lui envoyer les trois glisseurs restants à bord afin que ses hommes se répartissent dans les quatre appareils pour survoler l'île. Un groupe de trois squirs commença la recherche par la ville de Funchal avec le glisseur de Gorantim et de Miol, qui repartirent par saut à leur base distante de dix-sept mille kilomètres.

Les glisseurs pilotés à distance par l'IA du Squirs Prime mettraient moins de vingt minutes pour arriver durant lesquelles Corvin et ses hommes durent ronger leurs freins. Les appareils devaient, en effet, traverser l'atmosphère à vitesse réduite afin d'éviter de provoquer des turbulences atmosphériques aisément repérables en plein jour.

*

À bord du porte-conteneurs, Oria prit Paul à part, après le déjeuner, et lui signifia qu'il devait commencer son entraînement psy. Sarian voulait que le garçon sache contrôler son talent et soit capable de se défendre en cas de rencontre avec un psykan hostile. Paul n'était pas particulièrement enclin à travailler en ce bel après-midi de printemps, mais la curiosité sur ses capacités psys et le regard impérieux de l'ildarane eurent raison de sa nonchalance.

- Suis-moi. Nous allons nous isoler dans la cale vide qui nous a été allouée. Ordonna sèchement la jeune femme qui prenait son rôle avec un grand sérieux. Pas question de transiger sur la sécurité.

Son attitude autoritaire suffit à Paul pour comprendre que cette fois-ci il n'échapperait pas à sa formation.

- Steph, je vais accompagner Oria pour travailler. Reste s'il te plaît avec Mélanie et Alex, je te rejoindrai dès que possible.

- Je ne peux pas venir avec vous ? Je me contenterai d'écouter sans intervenir. Demanda la jeune fille, contrariée d'être mise à l'écart.

- Je ne préfère pas. Intervint fermement l'ildarane. Paul va devoir travailler dur et se concentrer intensément. Cela exige d'avoir l'esprit totalement disponible et je crains que ta présence ne le distraie.

- Bon, je resterais avec nos amis alors…, conclut Stéphanie à la fois déçue et, un peu, jalouse de voir son petit ami s'isoler avec la jeune femme. Elle aurait préféré que ce fût plutôt avec Sarian ou Darin…

*

Chapitre 7

C'était le premier entraînement mental de Paul avec son mentor. Ils s'allongèrent sur le sol froid de la cale alors que Paul s'attendait à devoir prendre une position plus martiale, mais Oria lui expliqua que la position ne comptait pas. Seul le relâchement de l'esprit était important et à ce stade et le plus simple était de s'étendre.

- Nous allons commencer par un exercice facile, mais indispensable. Tu vas te détendre totalement et essayer de penser à moi comme si tu voulais juste m'écouter en pensée. Fais-moi un signe de la main droite lorsque tu te sentiras prêt.

L'adolescent attendit une bonne minute en appliquant les techniques de décontraction utilisées à la fin d'une séance d'Aïkido pour relâcher le corps et l'esprit. Il leva alors la main droite très doucement afin de ne pas perturber sa concentration.

- Parfait, reprit Oria d'une voix très calme. Maintenant, concentre-toi comme si je te parlais. Essaie de m'entendre, je t'appelle.

Paul s'était totalement relaxé et se concentrait intensément sur la voix de la jeune femme, mais malgré tous ses efforts il ne parvenait pas à percevoir quoi que ce soit. La séance se poursuivit pendant une heure sans aucun résultat tangible. L'adolescent avait juste eu la fugace impression d'avoir très faiblement perçu l'ildarane, mais sans parvenir à identifier de mots qui auraient permis de valider, même partiellement, le succès de l'expérience.

- Ne t'inquiète pas : c'est tout à fait normal. Il est très exceptionnel de réussir la première fois. Surtout que tu n'as pas été élevé dans la croyance de ces facultés. Cela minore inconsciemment ton potentiel. Précisa-t-elle pour apaiser sa déception évidente.

- Rassure-toi, je ne me décourage pas, nous essaierons une autre fois ? répondit l'adolescent néanmoins très déçu et essayant vainement de la masquer. Il en vint à douter de ses facultés et se demanda si l'incident sur le First Episode n'avait pas été un accident.

- Nous réessaierons dès demain matin, jeune Paul. Je veux que tu sois capable de te défendre, au plus vite, car Sarian craint que l'empereur ait envoyé des psykans à notre recherche. Darin va prendre le relais de ta formation maintenant conclut-elle en se tournant vers ce dernier qui venait de pénétrer dans la cale.

- J'ai amené des armes en corodrium. Active ton bouclier Horlzson. Maintenant ! ordonna l'ildaran en lui tendant un poignard et en se mettant en position d'attaque.

- Je pensais faire une pause et rejoindre Stéphanie, qui doit trouver le temps long, fit le garçon, un peu dépité.

- Nos adversaires ne se préoccuperont pas de tes états d'âme lorsqu'ils passeront à l'attaque. Cet embryon de formation peut te sauver la vie. Allons-y. Rétorqua Darin d'un ton ne supportant aucune contestation.

Paul s'empara du couteau et se mit en position de combat, comme il l'avait appris en manipulant un Tanto, en cours d'Aïkido, depuis presque dix ans.

Darin attaqua immédiatement en prenant soin de se mouvoir à une vitesse que Paul pouvait contrer et le jeune homme para aisément le premier assaut. S'en suivit un ballet d'attaques et d'esquives, de parts et d'autre, pendant presque une heure, sans que l'un ou l'autre ne paraisse fatigués puis Darin sifflât l'arrêt de jeu, satisfait du travail de Paul.

- Tu t'en es très bien sorti. Si nous avions la possibilité de t'injecter un package de Nanocrytes, tu serais un combattant redoutable.

- Justement, à quoi cela sert-il que je m'entraîne alors que nous savons pertinemment que le plus mauvais de nos ennemis me surclassera en vitesse et que je ne pourrais pas l'atteindre ? répliqua le garçon.

- Tous nos ennemis ne disposent pas d'un package de Nanocrytes militaires et ton entraînement mental associé à tes techniques de combat devrait permettre de neutraliser un agresseur même disposant d'un package de niveau quatre. Au-delà, bien entendu, pour le moment, tu n'as aucune chance, mais, dès que nous serons revenus au sein de l'Empire, je suis persuadé que nous pourrons t'injecter au moins un pack de niveau cinq et ton entraînement te paraîtra alors très utile. De toute manière, nous n'avons rien d'autre à faire pendant les prochaines heures ? répondit l'homme en regardant Paul droit dans les yeux.

- Tu as raison. Ne penses-tu pas que tu pourrais entraîner Alex ? suggéra Paul qui songeait qu'il serait utile que son ami apprenne à se défendre.

- Il n'aurait tout simplement aucune chance. Tu as déjà dix ans de pratique de Karaté et d'Aïkido et ton plus gros atout sera d'attaquer simultanément ton adversaire mentalement et physiquement. Alex ne dispose pas de tes capacités psys et ce serait envoyer un agneau à l'abattoir que de lui faire combattre un ennemi amélioré et entraîné. Il ne réussirait qu'à se faire tuer sans même ralentir son adversaire. Rétorqua, Darin.

- Bien, il semblerait donc que l'essentiel de notre défense repose sur vous quatre, car je crois qu'Irias n'est pas entraîné au combat ? soupira le garçon, déçu que son ami ne puisse s'entraîner.

- En effet, Irias est l'intendant en chef de ta famille depuis quatre cent quarante-cinq années, équivalent terrestre. Je n'en sais pas beaucoup sur lui, mais je crois qu'il a vu naître deux générations de Verakin et qu'il est très attaché à toi. C'est la raison pour laquelle il est avec nous alors qu'il n'est pas un soldat.

- J'avais bien perçu qu'il était proche de ma famille, mais je n'imaginais pas qu'il soit à nos côtés depuis si longtemps. Il a bien connu mon père alors ? releva le garçon, étonné par la fidélité d'Irias.

- Il l'a vu naître et a toujours occupé une place particulière dans le cœur de l'empereur. Irias symbolisait un peu la sagesse pour ton père et leurs relations dépassaient très largement le cadre d'intendant à souverain. Lors de notre fuite, cela a été un déchirement pour lui de devoir quitter ton père sachant qu'il ne survivrait pas au coup d'État. Il nous a accompagnés, car l'Empereur lui a explicitement demandé de veiller sur toi et c'est devenu, pour lui, la mission de sa vie. Il fera tout pour que tu retrouves le trône d'Ildaran en souvenir de ton père. Ajouta Oria, qui était revenue dans la salle sans que Paul s'en aperçoive.

Elle se déplace comme un chat, pensa-t-il. Il faudra que je sois plus sur mes gardes si mes ennemis sont capables d'en faire autant.

- Irias est, comme nous tous, prêt à se sacrifier pour toi lâcha soudain Darin en se frappant le côté gauche de la poitrine avec son poing droit et en inclinant légèrement la tête en avant « Verakin Ildaran Frîîkr ».

- Calme-toi Darin, intervint amusé Sarian qui venait, lui aussi, de les rejoindre et observait Paul surpris par le fanatisme de son maître d'armes. Il faut le comprendre, Paul. Darin, comme nous tous, a dédié sa vie à ta protection dans l'objectif de t'accompagner à la reconquête du trône et cela altère nécessairement un peu notre manière de penser.

- Il est tard maintenant, intervint Oria afin de changer de conversation. Paul, tu peux aller te rafraîchir et te changer pour le dîner. Rassure Stéphanie et tes amis, mais ne leur raconte pas tout ce que tu viens d'apprendre. S'ils choisissent de rester sur Terre quand nous quitterons cette planète, il est souhaitable qu'ils en sachent le moins possible, car, même si je leur impose un blocage mental, des psykans entraînés pourraient toujours le déverrouiller

- Et si je choisissais, moi aussi, de rester sur Terre et de mener une vie normale ? lâcha Paul, en quittant la cale, ne laissant pas, aux ildarans incrédules, le loisir de répondre.

Ses dernières paroles tétanisèrent les trois gardes d'élite de la famille Verakin, car aucun d'entre eux ne s'attendait à ce que Paul eut envie de rester sur terre, après avoir appris la vérité sur ses origines. Sarian, un peu plus posé que les deux autres, les rassura en signifiant qu'il s'agissait certainement d'une attitude d'adolescent rebelle, face à une forte pression. Il se promit, néanmoins, d'avoir une conversation sérieuse sur le sujet avec le garçon, car il était vital de connaître ses véritables intentions, s'il en avait, sur son rôle de potentiel héritier de l'Empire. Il n'avait pas été, à l'inverse de ses ancêtres, préparé à régner depuis sa naissance et cela pouvait réserver quelques surprises.

Paul retrouva Stéphanie, qui s'ennuyait ferme, seule dans sa cabine. La jeune fille avait fait une promenade sur le pont, mais il n'y avait rien à faire à bord de ce navire et elle n'avait pas supporté le regard des marins qui semblaient parler d'elle dans son dos. Apparemment, Mélanie et Alex n'étaient pas sortis de leur cabine et la jeune fille n'avait pas osé les déranger. Elle reprochait à son compagnon de l'avoir laissé seule et craignait pour les jours à venir. La tension nerveuse était retombée et le contrecoup se traduisait par une petite dépression passagère. Paul tenta de la calmer, mais il ne trouva pas les mots rassurants qu'elle aurait souhaité entendre. Le jeune homme ne savait pas non plus où il en était et était incapable de se projeter dans l'avenir proche.

À l'heure du dîner, tous se retrouvèrent dans le carré et les conversations restèrent très éloignées de leurs préoccupations du moment. Chacun préférait oublier un peu les dernières heures. Le temps semblait s'être arrêté sur le gros navire marchand et il flottait une sorte d'euphorie, entretenue par le tangage presque imperceptible, mais régulier, du porte-conteneurs.

- Qu'est-ce qui est prévu ensuite ? s'enquit néanmoins Paul, en fin de repas.

- Comme nous vous l'avons déjà dit, il est essentiel que nous atteignions notre base en Dordogne. Nous y serons en totale sécurité, car les impériaux ne pourront pas nous y déloger par la force, sans contrevenir aux règles des Al-Heoxyrians. Pour pénétrer nos défenses, il faudrait qu'ils utilisent la puissance de feu d'un croiseur pour saturer notre champ Horlzson. Inutile de préciser que ce ne serait pas discret. D'autre part, nous pourrons terminer la formation de Paul et, s'ils ne nous ont pas repérés, attendre qu'ils se lassent. répondit Sarian

- Mais cela pourrait être long ! s'exclama Stéphanie.

- Peut-être plusieurs années. Mais l'alternative est la mort ou l'emprisonnement à vie dans des conditions certainement moins agréables que celles que nous pouvons offrir à la base. Intervint Darin.

- J'en ai assez de vos histoires ! Comme je l'ai déjà exprimé : dès que l'on sera en France, bye bye. Je rentre à Paris. Vous pourrez faire la guerre à tous les aliens que vous voulez, ce ne sera plus mon problème. Éructa Mélanie, qui avait réussi à se contenir jusqu'ici, en jetant un regard de défiance à ses interlocuteurs.

- Mél, tu ne peux pas la jouer solo. Si les ennemis de Paul te retrouvent, ils vont remonter directement jusqu'à lui. Intervint Alex, agacé par l'intransigeance de sa compagne.

- Ne me dis pas que, toi aussi, tu crois à ce délire ? Je n'aurais jamais dû vous suivre depuis Marrakech. Rétorqua froidement la jeune fille.

- OK Mélanie, calme-toi. Sarian est-ce que l'on ne pourrait pas s'arranger pour qu'elle ne se souvienne de rien ? proposa Paul comprenant qu'il fallait désamorcer la situation.

- Il est toujours possible qu'Oria lui impose un blocage mental, mais tout ce qui est fait peut-être défait par un autre psykan. répondit Sarian, un peu hésitant.

- Bon OK. Mélanie, pour le moment nous n'avons pas de solution, mais de toute manière tu ne peux pas t'en aller en pleine mer alors, allons dormir et nous verrons demain matin où nous en sommes. Proposa l'adolescent.

La jeune fille ne répondit pas et se dirigea vers les cabines, sans se préoccuper d'Alex. La bonne atmosphère du dîner venait d'en prendre un coup, et personne ne savait comment allait se terminer cette histoire. Paul, d'ailleurs, ne se voyait pas non plus rester enfermé dans une grotte pendant des mois.

- Paul, à raison, allons dormir. Il ne faut pas imaginer le pire, car je pense que les impériaux se lasseront vite et que le Randor reviendra d'ici quelques mois pour tenter de nous ramener dans l'espace ildaran. Avança Oria, qui ne souhaitait pas que s'engage une polémique.

- Mais vous ne savez même pas s'il a pu s'échapper, votre vaisseau fit, remarquer Alex, un rien désespéré.

- Les calculs de probabilités de l'IA de la base lui laissaient 89,96% de chance de s'échapper avec cinq croiseurs lancés à l'aveugle à sa poursuite dans un volume d'espace de saut de dix années-lumière. Nous sommes donc très confiants. Répliqua Sarian avec un ton assuré.

- De toute façon, cela ne changera pas notre situation pour cette nuit. Nos options sont limitées, alors autant nous y faire et gérer au mieux. Conclut Paul, qui, pragmatique, considérait ne pas avoir d'autres alternatives pour le moment.

Tout le monde se souhaita une bonne nuit et Stéphanie fut soulagée de se retrouver enfin seule avec son amant. Il lui avait manqué toute la journée. La cabine avec des couchettes superposées ne la réjouissait pas trop, mais elle savait comment le détendre et lui faire oublier momentanément ses soucis.

La seconde nuit à bord se passa sans incident et Sarian se serait presque laissé aller à relâcher la tension qui le tenaillait depuis l'alerte, quatre jours auparavant. Le calme avant la tempête ?

*

Du côté du commando squirs et, contrairement aux attentes et à l'assurance initiale de Corvin, il n'y avait toujours pas la moindre trace mentale des fuyards. Les psykans avaient déjà sondé plus de 78% de la population de l'île et il ne restait plus à couvrir que la partie nord-est, moins peuplée.

- Il est 21h, arrêtons pour ce soir, je ne veux pas passer à côté d'une piste à cause d'un habitant qui se couche tôt. Nous aurons terminé demain dans la matinée.

Corvin prit cette décision à contrecœur, mais il lui semblait plus productif d'interrompre les recherches que de rater un témoin éventuel endormi et de devoir tout recommencer à zéro.

D'un côté comme de l'autre, la nuit interrompit donc, dans cette partie du monde, les opérations.

*

Le lendemain matin, au petit-déjeuner, le porte-conteneurs longeait déjà les côtes espagnoles entre Valence et l'île de Palma de Majorque. Sarian informa son groupe qu'un bateau de pêche allait les prendre au large de Tarragone.

- J'ai déjà réglé les détails avec Narvin, qui est arrivé à Tarragone hier soir, car je préfère quitter ce navire au plus tôt. Si nos adversaires sont aussi bons que je le pense, ils vont remonter notre trace et arriver rapidement à Madère. Il ne leur faudra pas très longtemps pour lister tous les navires ayant quitté l'île et nous retrouver. Une fois sur le continent il leur sera beaucoup plus difficile de nous localiser. Préparez-vous à transborder d'ici trente minutes. Annonça Sarian.

Après toutes leurs aventures, plus grand-chose n'étonnait les adolescents et ils repartirent dans leur cabine rassembler leurs maigres affaires. Mélanie n'était pas mécontente de retrouver la terre ferme et comptait bien s'éclipser à la moindre occasion. Ses relations avec Alex se dégradaient, car l'adolescent l'accusait presque de les mettre en danger à cause de son entêtement. Cette tension mettait Stéphanie et Paul mal à l'aise, car aucun d'eux ne savait comment résoudre cette crise.

Sarian n'avait pas voulu affoler Paul et ses amis, mais Xionnes l'avait alerté sur un trafic important de glisseurs antigrav au-dessus de Madère, toute la journée de la veille. L'ildaran avait rapidement compris que leurs adversaires parcouraient l'île à la recherche d'indices et qu'un quadrillage aussi systématique en altitude signifiait assurément qu'un ou plusieurs psykans étaient à leur poursuite. Cela allait sérieusement compliquer leur fuite jusqu'à leur base de Dordogne et il avait rapidement modifié son plan initial qui prévoyait qu'un bateau passe les prendre au large de Perpignan puis les dépose sur la côte pour remonter par la route via Toulouse. Les adolescents étaient dans leurs cabines et Sarian résuma le nouveau plan de fuite à son équipe.

- Narvin et Prag sont arrivés avec deux véhicules à Tarragone. Ils ont loué un bateau de pêche dans le port pour la journée. Ce sera suffisant, car nous ne sommes qu'à trente miles nautiques de la côte espagnole, nous devrions être à terre avant midi.

- Tu penses que la garde impériale est déjà sur nos traces ? s'enquit Darin

- Sans aucun doute. Ce qui m'inquiète, c'est qu'il doit y avoir plusieurs psykans avec eux : c'est pour cela qu'ils quadrillent l'île de cette façon. Ils doivent chercher un témoin de notre passage. Je n'ai pas d'autre explication à un survol aussi systématique de

Madère. Heureusement, ils ne peuvent pas nous repérer à distance avec les senseurs tant que nous n'avons pas recours à une technologie ildarane. Mais s'ils se rapprochent, les psykans repéreront inévitablement Paul. Affirma le chef du petit groupe.

- Dans ce cas, il faut qu'il s'entraîne avec moi le plus possible. S'ils ont des psykans dans leur groupe, nous ne pourrons pas le protéger s'il ne renforce pas ses capacités, lâcha Oria, visiblement anxieuse.

- Dans l'intervalle, nous porterons tous des résilles *Kries*. Ordonna Sarian. Narvin nous en a rapporté depuis la base. Je ne veux pas de mauvaises surprises. Vous mettrez des casquettes pour les dissimuler.

Tout le monde se prépara et, en milieu de matinée, le commandant Fortier leur annonça qu'une embarcation de pêche suivait une route parallèle au porte-conteneurs depuis plusieurs minutes. Sarian l'informa du changement de plan et le commandant ne fit aucun commentaire. Il avait été grassement payé et que ses passagers quittent son navire, plus tôt que prévu, ne lui posait aucun problème. Un transbordement avait été prévu dans le contrat initial et comme la mer était calme ce matin, ce serait encore plus simple d'effectuer l'opération maintenant. Il fit ralentir son navire et mettre un canot à la mer. L'opération était un peu délicate, car il fallait descendre le long de la coque du gros navire, à l'aide d'une échelle de coupée, mais le vent modéré leur simplifia la tâche.

Le petit canot effectua deux aller-retour pour transborder les neuf passagers et leurs bagages puis le navire marchand reprit tranquillement son cap, après avoir récupéré son canot. Paul le regarda s'éloigner avec un petit pincement au cœur, car il se rapprochait de plus en plus d'un tournant de sa vie qui risquait de l'entraîner loin de ce type d'instants. Stéphanie et Mélanie firent un peu la grimace, car le bateau de pêche dégageait une forte odeur de poisson et de nombreuses parties du pont étaient maculées de sang et de matières visqueuses. Si Paul et Alex ne manquèrent pas de remarquer la réaction des filles, personne ne fit de commentaire.

Le petit navire mit immédiatement le cap sur le port de Tarragone. Leur taxi marin était un vieux bateau de pêche qui tanguait violemment malgré la mer calme et le trajet ne fut pas de tout repos pour les jeunes filles contraintes de rester sur le pont parsemé de matières marines en putréfaction. Mélanie, déjà bien remontée, fut malade à cause de l'odeur et passa près d'une demi-heure accoudée sur le bastingage à régurgiter son petit-déjeuner. Stéphanie n'était pas non plus très vaillante, mais elle réussit à conserver son repas. Alex et Paul étaient habitués à la navigation et ne semblaient pas souffrir des conditions de transport, quant aux ildarans : ils semblaient imperturbables.

La distance fut parcourue en moins de deux heures et le navire s'engagea dans le chenal du port industriel. La zone du port de pêche se trouvait au fond de la rade artificielle, bordée par des bâtiments commerciaux. Ils durent patienter quelques minutes que le pont basculant, coupant le port en deux, soit relevé pour pouvoir rejoindre le point d'amarrage des navires de pêche.

Le capitaine parti se reposer, satisfait de sa journée qui lui avait rapporté autant qu'un mois de travail. Tous furent ravis de quitter le bord et de retrouver la terre ferme. Sarian était surtout soulagé de pouvoir se fondre dans l'anonymat d'une ville.

Le ponton en béton donnait face à la marina du port et ils purent débarquer sans autres formalités. Une simple barrière en métal blanc délimitait l'accès et il n'y eut aucun contrôle. Le groupe se retrouva le long d'une voie portuaire, bordée de palmiers, face à des constructions modernes de couleur brique. Face à eux trônait une chapelle qui semblait remonter du temps où cette partie de la ville devait encore être un port traditionnel. *Moi qui pensais débarquer dans un petit port typique,* pensa Paul.

Les deux jeunes filles commençaient à reprendre des couleurs, mais semblaient encore barbouillées.

- Où sont Prag et Narvin ? demanda Darin.

- Les voilà ! répondit Sarian, impossible de se garer ici nota l'homme en désignant les bornes de métal noir qui balisaient toute la voie portuaire de chaque côté de la rue.

Deux véhicules stoppèrent à leur hauteur et le groupe se répartit dans les deux voitures : une Audi A6 Avant et un Mercedes Classe R, 7 places. Paul consulta machinalement sa montre et découvrit avec surprise qu'il était déjà midi quinze. *Cette histoire me fait perdre la notion du temps. Tout va trop vite,* songea-t-il.

Il se retrouva dans l'Audi avec Stéphanie, Oria, Sarian et Darin qui prit le volant. Les six autres montèrent dans le Mercedes R, conduit par Narvin. Les adolescents n'étaient pas ravis d'être de nouveau séparés, mais ils n'avaient pas le choix.

- Nous aurions pu déjeuner ici, il y avait un restaurant, juste en face, fit Paul.

- Trop dangereux. Nous sommes trop proches du bateau qui nous a amenés. Nous mangerons plus tard. Répliqua Oria d'un ton sans appel.

- Si vous avez faim, Narvin et Prag ont prévu des sandwichs et des bouteilles d'eau. C'est dans le sac à mes pieds proposa Sarian.

Les deux véhicules prirent rapidement la direction du nord sur la nationale 240. Sarian voulait absolument éviter les autoroutes qui seraient les premières voies de circulation surveillées par le commando de la Sécurité Impériale.

Les deux voitures bifurquèrent après Valls, en direction de Lleida. Leur itinéraire privilégiait les petites routes pour éviter Toulouse, point de transit évident pour toute remontée vers Paris où leurs adversaires devaient penser qu'ils se dirigeraient. Sarian prévoyait un peu moins de neuf heures pour parcourir les cinq cent quarante kilomètres qui les séparaient de la commune de Prats-du-Périgord, près de laquelle se trouvait la base.

Après Lleida, ils fonceraient droit vers le nord pour traverser la frontière par les Pyrénées après la ville de Vielha. Ensuite si tout allait bien, direction Auch, Agen, Fumel et ils seraient à moins de trente kilomètres de leur destination finale. Le chef des Ildarans commença à se détendre un peu. Personne ne disait mot dans la voiture même si Paul se retournait de temps à autre pour vérifier que le second véhicule les suivait bien.

Darin prenait un réel plaisir à conduire sur ces petites routes sinueuses malgré la gravité de la situation. À son arrivée sur Terre, dix-sept ans auparavant, il avait appris rapidement à conduire ces véhicules roulants et s'était passionné assez vite pour le pilotage de voitures sportives. Il dut néanmoins ralentir, car ses passagers appréciaient modérément les virages enroulés et, de toute manière, Narvin commençait à avoir du mal à suivre le rythme avec le gros Mercedes. Ce dernier devait en outre composer avec Mélanie, qui voulait descendre du véhicule depuis qu'ils avaient quitté le centre-ville de Tarragone. La jeune fille n'arrêtait pas de rouspéter et même Alex commençait à être saturé de ses récriminations. Heureusement que la sécurité enfant était verrouillée sur le Classe R, car la jeune fille avait même tenté de s'échapper à un feu rouge à la sortie de Tarragone. Vira avait été contraint de lui injecter un calmant à l'aide d'un petit pistolet à vaccin. Alex avait moyennement apprécié la démarche, mais force lui fut de reconnaître que son amie devenait difficilement gérable.

Nous avons une longue route, pensa Paul, en finissant son sandwich dans la voiture de tête.

*

Du côté des squirs, leur capitaine commençait à penser que leur cible avait quitté l'île. C'était à ni rien comprendre : ils avaient ratissé Madère en intégralité sans aucune trace des fugitifs. Pragmatique, Corvin prit la décision de cesser les recherches.

- Ils sont plus malins ou soupçonneux que je ne le pensais. IA, recherche des signatures de sauts quantiques depuis l'île de Madère, ils n'ont pas pu s'évaporer ordonna-t-il à l'IA de son vaisseau.

- JE VOUS CONFIRME QU'IL N'Y A AUCUNE ANOMALIE QUANTIQUE, NON ENREGISTREE A MADERE, CAPITAINE. LES SEULES SIGNATURES SONT CELLES DE VOS HOMMES, VOUS-MEME AINSI QUE GORANTIM ET MIOL REPARTIT EN AUSTRALIE. PROBABILITE DE FUITE PAR SAUT 0%.

- Calcule-moi les itinéraires de tous les bâtiments de surface ayant quitté l'île depuis mercredi matin, revérifie tous les signaux vidéo des aéroports, surtout les vols privés

- JE VOUS CONFIRME QU'IL N'Y A AUCUNE TRACE VIDEO DES INDIVIDUS QUE VOUS RECHERCHEZ. IL Y A PRECISEMENT DEUX CENT QUATRE-VINGT-NEUF NAVIRES DE SURFACE, DE LA BARQUE AUX PLUS GROS TRANSPORTEURS QUI ONT QUITTE L'ILE DEPUIS MERCREDI. JE VOUS FOURNIRAI LES DETAILS AINSI QUE LEURS TRAJECTOIRES DANS UNE MINUTE VINGT SECONDES.

Tous les itinéraires de tous les navires ayant quitté l'île apparurent sous forme holographique projetée directement sur les neurorécepteurs de Corvin. Le capitaine des Squirs pouvait naviguer dans les données à partir des gestes de ses mains, captés par les senseurs de ses Nanocrytes, et affiner les routes de tous les bâtiments. Il élimina les navires ayant suivi des trajectoires locales vers les îles proches – Porto Santo et les Desertas- ou ayant fait demi-tour pour se concentrer sur ceux ayant navigué en ligne droite vers une destination lointaine. Il sélectionna ainsi vingt-huit navires de commerce susceptibles d'avoir embarqué l'héritier Verakin et sa garde.

- Niir ! Forme trois équipes de trois, je garde Liar et Virlin avec moi. Que chaque équipe rattrape en glisseur ces vingt-huit navires les uns après les autres. Je veux que chaque membre d'équipage de ces bateaux soit sondé. IA calcule une répartition optimum en fonction des trajectoires à suivre et programme les calculateurs de vol des glisseurs.

- C'EST FAIT CAPITAINE CORVIN, VOTRE GLISSEUR AURA LA CHARGE DE SONDER SEPT BATIMENTS.

- Bien, exécution, et je veux un contact mental permanent entre nous. Ordonna le psykan.

Les Squirs se séparèrent et la traque reprit. C'était encore la nuit, de ce côté de la planète, et les navires de commerce pourraient être survolés de près, les uns après les autres, par chaque glisseur, mais il fallait faire vite, car il allait bientôt faire jour. Les psykans commencèrent à sonder individuellement chaque être humain à bord à la recherche de l'image mentale ou d'un fugace souvenir des fugitifs.

Puis le jour s'était levé et les glisseurs avaient dû prendre de l'altitude afin d'éviter d'être aperçus. Au bout de cinq heures, la recherche porta enfin ses fruits : l'un des hommes de Corvin survolait un porte-conteneurs en méditerranée lorsqu'il détecta le souvenir du passage des fugitifs dans l'esprit de plusieurs hommes du navire. Malheureusement, ils semblaient avoir quitté le bord deux heures plus tôt à bord d'un bateau de pêche, lorsque le navire était au large de Palma. Les marins indiquèrent, à leur insu, que l'embarcation avait pris la direction de la côte espagnole.

Le glisseur de combat se lança immédiatement à la recherche des bateaux de pêche naviguant sur la zone, tous ses senseurs activés, mais aucun n'embarquait plus de six personnes. Il faisait maintenant jour depuis longtemps et les petits appareils impériaux devaient voler très haut afin de ne pas être visibles depuis le niveau de la mer.

Les informations furent transmises à l'IA, qui commença à rechercher la trace d'une embarcation sur zone, à partir de ses enregistrements des drones orbitaux. La machine semi-intelligente identifia très vite le bon navire et informa les Squirs qu'il se trouvait amarré au port de Tarragone depuis quarante minutes. Les senseurs thermiques indiquaient, sans trop de surprise, qu'il n'y avait plus qu'une personne à bord.

- À tous les glisseurs, ils sont encore à proximité de la ville de Tarragone. Quadrillez la zone ! Corvin fulminait. Il les avait ratés de moins d'une heure ! Glisseur 1 et 2, positionnez-vous à la verticale des voies rapides et sondez tous les véhicules.

Mais malgré les quatre appareils ratissant une large zone autour de la ville côtière espagnole, il fut impossible d'obtenir la moindre information sur leurs cibles. Prudent, Sarian avait fait mettre à tout le monde, une résille *Kries* et, à moins d'un sondage direct, ils étaient tous à l'abri d'une recherche mentale par balayage.

S'ils avaient pris l'autoroute, un Squir aurait pu remarquer l'absence de signaux cérébraux venant de deux véhicules en mouvement et il en aurait déduit immédiatement que les occupants portaient un équipement de protection. Mais heureusement pour les fugitifs, les Squirs n'étaient pas assez nombreux pour tester individuellement chaque véhicule quittant la ville portuaire espagnole.

*

Chapitre 8

Les deux véhicules, aux vitres fumées, avaient le plein de carburant et n'auraient donc pas à s'arrêter pour atteindre la base en Dordogne, minimisant les risques que quelqu'un reconnaisse les passagers. Ce surcroît de précautions de la part de Sarian fut salvateur, car l'annonce de la disparition des adolescents au Maroc commençait à s'étendre aux autres pays européens, dont l'Espagne, et les portraits-robots des adolescents avaient été diffusés par tous les médias. Ils ne pouvaient pas se permettre d'être identifiés par qui que ce soit, car les autorités seraient alertées et l'information interceptée immédiatement par les IAs des impériaux. Le voyage en train, un temps envisagé, se serait révélé catastrophique.

Le moment de répit de Sarian fut de courte durée, car son communicateur mobile le sortit de sa torpeur passagère.

- Sarian, j'écoute

- Trois glisseurs antigrav convergent vers votre position, un autre est déjà au-dessus du port de Tarragone, annonça Xionnes, qui était de garde.

- IA calcule les trajectoires de chacun des appareils : je veux savoir s'ils nous ont localisés ou s'ils se dirigent vers la ville au hasard. Ordonna aussitôt l'ildaran, sous le regard interrogateur de Darin.

- LES GLISSEURS CONVERGENT, CELUI QUI EST AU-DESSUS DE LA VILLE SEMBLE QUADRILLER LA ZONE METHODIQUEMENT

- Ils doivent avoir retracé notre itinéraire depuis Madère jusqu'au bateau de pêche. Ils sont bons ! L'Empereur nous a envoyé une équipe efficace. Sarian semblait presque heureux d'avoir des adversaires à sa mesure et il n'était pas peu fier de leur avoir échappé de justesse. Cela allait les énerver et ils commettraient peut-être des erreurs. Il n'y a pas de raison de s'inquiéter. Ils n'ont pratiquement aucune chance de nous retrouver maintenant, car il y a trop de véhicules en mouvement pour que leur IA calcule toutes les traces depuis le port et qu'ils les contrôlent un par un. Ils ne sont pas assez nombreux.

En effet, malgré les quatre glisseurs qui ratissaient une large zone autour de la ville, il fut impossible aux psykans de repérer la moindre trace des fugitifs. Les circonstances étaient maintenant contre eux, car le soleil était au zénith, et ils étaient obligés de rester très haut dans le ciel pour ne pas être aperçus et la distance amoindrissait significativement leurs capacités psykanes.

La forte densité de population de la côte espagnole accentuait les difficultés et, au bout de deux heures de recherche, Corvin décida de retourner à bord de son appareil en orbite. Le glisseur de la base terrestre reprit, à vide, la direction de l'Australie et les trois glisseurs du Squirs Prime s'élancèrent hors de l'atmosphère. Sarian et son équipe semblaient avoir repris la main sur leur destin.

À bord de son glisseur, Corvin essayait de faire le vide afin de réfléchir posément. Il faudrait plus de dix minutes aux glisseurs pour atteindre le Squirs Prime à vitesse réduite et cela agaçait le chef des forces spéciales. À peine arrivé à bord, il reprit les choses en main et relança la traque de l'héritier Verakin.

- IA, il semble que nos adversaires aient repéré nos glisseurs bien avant que nous ne soyons au-dessus de l'île de Madère. Ils ont nécessairement des senseurs orbitaux, car leur installation terrestre n'aurait pas pu détecter un décollage à l'opposé de la planète. Largue des drones sur l'orbite géosynchrone et traque tout appareil qui possède une technologie ildarane. Capture-les et analyse leurs transmissions, nous devrions pouvoir remonter les signaux et trouver la localisation de leur base.

- LES DRONES SONT LANCES, J'AI ENVOYE UN GLISSEUR, QUE JE PILOTERAI EN DIRECT, POUR LA CAPTURE D'EVENTUELS SENSEURS ORBITAUX AUTONOMES.

- Parfait. Je vais me reposer, alerte-moi quand tu auras capturé les senseurs ennemis.

Le largage des drones et du glisseur de combat fut détecté par l'IA de la base Dordogne qui alerta immédiatement Sarian. Les deux voitures venaient de dépasser la ville de Benabar lorsque le communicateur de l'ildaran réveilla Stéphanie assoupie sur l'épaule de son amant.

- Sarian. Quoi de neuf ?

- Ici Xionnes, l'IA vient de détecter l'envoi de drones et d'un glisseur en orbite géosynchrone.

- Ils ont mis du temps, mais ils cherchent nos senseurs orbitaux. Combien sont activés en ce moment ?

- Uniquement quatre. Les autres sont en veille et ne devraient pas être repérés.

- Parfait, ne les désactivent surtout pas, il détecterait la porteuse et remontraient jusqu'à la base. Laisse-les les détruire.

- Et s'il les capture pour analyser les communications ? Ils vont retracer nos relais

- Tu as raison, envoies l'ordre d'autodestruction de tous les relais terrestres utilisés depuis l'utilisation de ces quatre senseurs.

- Ils ne vont pas trouver la base, mais avec la localisation des relais ils vont réussir à délimiter une zone de recherche.

- C'est un moindre mal, lorsque nous serons dans la base ils ne pourront pas nous y déloger sans alerter la population locale et la Charte des Al-Heoxyrians nous protège. J'aurais préféré garder une liberté de mouvement, mais le plus important est de mettre Ishar à l'abri.

- L'IA a calculé qu'il y a trois relais terrestres de transmission qui ont communiqué avec ces quatre détecteurs, actuellement actifs. Ils sont détruits.

- Où étaient-ils localisés ?

- Dans un rayon de cinquante kilomètres autour de la base, un à Fumel, un autre près de Sarlat et le dernier près de Gourdon

- Hum, cela positionne le centre de ces relais très proche de la base. Bascule toutes les installations en mode passif ainsi, si vous subissez un sondage actif, il ne devrait pas la repérer. Le générateur à énergie Kin n'émet pas suffisamment pour être détectable. Conserve uniquement les alarmes de proximité. Décida le chef des gardes Verakin.

- La destruction des relais et le basculement en mode passif vont nous aveugler. Nous ne pourrons plus détecter les déplacements de leurs glisseurs, lui fit remarquer Xionnes.

- Nous n'avons pas le choix, nous aviserons en fonction de leurs prochaines initiatives. Terminé.

L'obligation de couper les transmissions et la mise hors fonction des détecteurs orbitaux étaient un handicap majeur pour Sarian et son groupe, car il ne leur serait désormais plus possible de suivre en temps réels les mouvements de leurs adversaires. C'était accroître le risque de se faire surprendre, mais Sarian restait confiant, car il faudrait vraiment jouer de malchance pour que les impériaux retrouvent leur trace maintenant. C'était le relais de Fumel qui le contrariait le plus, car cette ville était sur leur itinéraire de retour et cela nécessiterait de faire un détour par précaution.

*

Il fallut plus de deux heures, aux drones de recherche, pour trouver le premier senseur orbital. Le glisseur lança immédiatement un champ de gravité dirigée pour le capturer et l'arrima dans la soute puis l'IA fit revenir le glisseur afin d'examiner au plus tôt ce matériel ennemi. Dès que l'appareil fut à bord de l'aviso, le petit détecteur, de la taille d'une orange, fut analysé par les androïdes du bord. Le glisseur reparti aussitôt, car un second senseur venait d'être trouvé.

Un troisième senseur fut capturé une heure plus tard, et un quatrième encore quinze minutes après alors que le premier avait déjà fourni de précieuses informations aux Squirs qui avaient appris que deux relais terrestres étaient positionnés dans le sud-ouest de la France. Contrairement à ce qu'ils pensaient jusqu'ici, la base des gardes Verakin ne semblait pas se trouver à proximité de Paris. Le glisseur rapporta les trois nouveaux senseurs pendant que les drones continuaient leur moisson. Il ne fallut pas très longtemps aux impériaux pour analyser les nouveaux senseurs qui confirmèrent la position des deux relais et y ajoutèrent celui de Gourdon.

Avec ces trois localisations géographiques, Corvin pouvait trianguler précisément une zone de recherche dans un périmètre de cent à cent cinquante kilomètres de rayon. Les gardes Verakin avaient été prudents en multipliant les relais terrestres. Cette précaution allait les retarder, mais Corvin en était sûr, ils allaient les trouver rapidement.

- Capitaine, une sonde messagere vient de transiter. Un message de l'empereur qui vous est destine. Annonça l'IA du Squir Prime

- Je le réceptionne dans la salle tactique, répondit le chef des squirs, en entrant dans une salle proche du centre de contrôle de son vaisseau.

Il s'agissait, bien entendu, d'un message enregistré, mais un message direct de l'Empereur était quelque chose d'assez rare et important pour que Corvin s'isole. L'Empereur souhaitait connaître l'avancement des recherches et réitérait au psykan sa confiance en insistant sur l'importance de sa mission.

Corvin dut malheureusement avouer qu'un bâtiment leur avait échappé, mais que l'héritier Verakin n'était pas à bord et que son équipe était sur ses traces. Il relata les derniers évènements et surtout la localisation de la base ennemie dans une zone géographique restreinte. À la fin de son rapport, la sonde lui communiqua une information capitale sur l'équipe de gardes Verakin et Corvin sut qu'il tenait là un nouvel atout essentiel pour sa traque. Avec cette information, il transmit sa pleine confiance de retrouver rapidement les ennemis de l'Empereur et laissa repartir la sonde messagère. Il s'attendait à un nouveau message sous une journée ildarane, environ vingt-sept heures terrestre et il était d'ailleurs surpris de ne pas avoir eu de nouvelles plus tôt. Cela démontrait la confiance que lui portait l'Empereur et il n'en ressentit que plus de motivation à satisfaire son maître. Il se mit aussitôt en contact avec l'IA du Squirs Prime pour exploiter son nouvel avantage.

L'IA accusa réception de l'information et commença à émettre un code d'activation sur une fréquence à large spectre.

*

Sarian avait relayé Darin au volant de l'Audi et Prag avait pris celui du Mercedes R, à la place de Narvin. Le groupe avait fait plusieurs pauses de courtes durées, dans des endroits isolés afin d'éviter que les adolescents ne soient identifiés. Leurs photos apparaissaient maintenant dans tous les journaux télévisés français et espagnols et ils devraient redoubler de vigilance pour éviter d'être reconnus. Ils avaient déjà parcouru deux cent soixante-quinze kilomètres en terre ibérique et arrivaient près de la frontière française. Ces quatre heures de route commençaient à peser sur les organismes des adolescents ankylosés dans les véhicules contrairement aux ildarans, qui comme Paul, étaient avantagés, car ils pouvaient compter sur leurs Nanocrytes pour éliminer les impuretés de leurs organismes, responsables de la fatigue et de crampes.

Nous passons la frontière, annonça Prag. Par réflexe, Paul regarda le compteur kilométrique. Celui-ci indiquait deux cent soixante-dix-huit kilomètres depuis leur départ de Tarragone. La moyenne était plutôt basse et Paul se demandait si Sarian n'avait pas péché par excès de prudence en voulant éviter les autoroutes qui leur auraient fait gagner plusieurs heures.

- Nous nous arrêterons dans un supermarché, avant la tombée de la nuit, pour acheter de la nourriture lorsque nous traverserons une ville importante, proposa Darin.

- Bonne idée, je meurs de faim, répondit Stéphanie. Cela va me changer les idées de faire des courses. Même si ce n'est pas ma tasse de thé habituellement.

- Vous ne pourrez pas sortir de la voiture, vous pourriez être reconnu dut préciser Sarian, à contrecœur.

- Pourquoi serions-nous reconnus ? demanda Paul soudain en alerte.

- Parce que vos photos ont été diffusées dans la presse : les autorités pensent que vous avez été enlevé au Maroc. Répondit l'homme visiblement ennuyé.

- Et tu comptais nous l'annoncer quand ? rétorqua l'adolescent en colère. Nos parents doivent être morts d'inquiétude. Il faut tout de suite les rassurer !

- Vous ne pouvez pas communiquer avec eux ! objecta Darin, le signal serait automatiquement repéré par les impériaux.

- Nous ne pouvons pas les laisser non plus sans aucune nouvelle, intervint Stéphanie.

- Nous sommes désolés que vous soyez impliqués dans cette histoire, mais nos ennemis ne feront pas de sentiments. Répliqua

Oria un peu plus sèchement qu'elle ne l'aurait souhaité. S'ils ont l'impression que vos parents peuvent leur être utiles pour capturer ou tuer Paul, ils n'hésiteront pas à les utiliser. Si vous communiquez avec eux, les impériaux en déduiront qu'ils représentent un moyen de pression. Pour le moment, il est donc préférable de ne rien faire et de laisser vos proches dans l'ignorance, car il vaut mieux être inquiets que morts.

Ni Stéphanie, ni Paul n'avaient d'arguments à opposer et ils durent se résoudre à accepter la situation. Dans le Mercedes, Mélanie s'était réveillée et recommençait à se rebeller. Elle voulait quitter la voiture et exigeait qu'on la dépose à la prochaine ville française. S'en suivit une forte dispute avec Alex qui alourdit profondément l'atmosphère dans le second véhicule. La jeune fille dut se résoudre à rester tranquille devant l'intransigeance de Narvin et la menace d'être, de nouveau, tranquillisée, mais la situation risquait de vite s'envenimer.

Dans le véhicule de tête, le signal d'appel du téléphone de Sarian se déclencha et coupa court à sa discussion avec Paul.

- IA, je t'écoute fit-il ayant identifié l'intelligence artificielle.

- JE VIENS DE DETECTER UNE EMISSION A LARGE SPECTRE EN PROVENANCE DU BATIMENT IMPERIAL EN ORBITE. CE TYPE DE SIGNAL RESSEMBLE A UN CODE D'ACTIVATION, MAIS JE N'AI PAS PU LE DECRYPTER.

- Je n'aime pas ça. Y aurait-il sur Terre d'autres ildarans infiltrés sur lesquels les impériaux pourraient s'appuyer ?

- IMPOSSIBLE A DIRE AVEC LE PEU D'INFORMATION DONT JE DISPOSE, MAIS, LA CERTITUDE : C'EST QUE CETTE TRANSMISSION N'ETAIT PAS DESTINEE A LA BASE IMPERIALE OU AUX TROUPES AU SOL.

- Cela accréditerait l'hypothèse d'une troisième force.

- TOUS MES SENSEURS PASSIFS SONT A LA RECHERCHE D'UN AUTRE SIGNAL DU MEME TYPE.

- Bien, préviens-moi immédiatement si tu as du nouveau.

Sarian coupa la communication avec le sentiment que quelque chose lui avait échappé.

- Que ce passe-t-il ? s'enquit Darin.

- Les impériaux ont émis un étrange signal semblable à un code d'activation. Je crains que nous n'ayons un nouveau joueur dans la partie.

- Comment aurait-il pu rester dissimulé pendant si longtemps ? s'étonna l'ildaran.

- Il était peut-être en stase, suggéra Oria.

- Quel intérêt d'avoir positionné un espion-dormant sur Terre ? C'est une planète inintéressante encore au moins pour plusieurs centaines d'années répondit, Darin.

- Tu as raison et c'est justement ce qui m'inquiète. Voir surgir un nouvel ennemi inattendu et imprévisible. Conclut Sarian d'un air soucieux.

Le groupe de la première voiture resta silencieux durant de longues minutes, car aucun d'entre eux ne savait plus à quoi s'attendre.

*

Corvin observait la carte holographique projetée dans la salle tactique de son vaisseau. Il observait attentivement la topographie et la géographie de la région où avaient été localisés les relais de transmission des rebelles. Il se demandait bien ce que les fidèles des Verakin étaient venus faire si loin de l'Empire.

- IA, quelle est la particularité de cette région ?

- LA DORDOGNE EST PRINCIPALEMENT CONNUE POUR SA GASTRONOMIE, FOIE GRAS, CHAMPIGNONS —TRUFFE ET CEPES- AINSI QUE PAR SES GROTTES ET GOUFFRES.

- C'est ça ! Une grotte. Le capitaine des squirs comprit immédiatement que la base Verakin devait être dissimulée en profondeur dans une cavité naturelle. Il allait certainement être difficile de les repérer s'ils l'avaient installée sous des dizaines de mètres de terre et de roches. Préviens mes hommes, nous allons sur place. As-tu un retour de l'activation ?

- VOS ORDRES ONT ETE TRANSMIS, AUCUN RETOUR POUR LE MOMENT.

*

Les véhicules du groupe de Paul venaient de se garer sur le parking du supermarché de la ville de Lanneman et Oria, accompagnée de Vira, achetait de la nourriture pour le tout le monde. Les adolescents commençaient à trouver le temps long surtout qu'ils ne pouvaient même pas sortir se dégourdir les jambes. Ils semblaient résignés quand Mélanie réussit soudain à s'extraire du Classe R. Elle était parvenue à ouvrir la portière par l'extérieur après avoir passé le bras par la vitre ouverte. La jeune femme avait hésité à abandonner Alex, mais la situation lui semblait trop incertaine. Tant qu'elle était à l'étranger, elle avait suivi son ami, mais, maintenant qu'elle était de retour dans son pays, sa confiance en elle était revenue et elle voulait reprendre sa vie normale. Elle savait qu'elle risquait de mettre péril Paul et Stéphanie, mais elle prévoyait de simuler une amnésie temporaire pour éviter toutes les questions que ne manqueraient pas de poser la police. Elle avait soigneusement attendu que l'attention soit focalisée sur le supermarché pour jaillir de la voiture et une fois sur le parking il devenait plus compliqué de la contraindre à remonter devant tout le monde.

- Alex, tu dois la raisonner, intervint Narvin.

Le communicateur de Sarian se fit entendre de nouveau.

- Oui ! Ce n'est pas le moment, j'ai une situation de crise ici. Répondit le chef des ildarans.

- Désolé de te déranger, mais l'IA vient de capter une émission venant de notre base, fit Xionnes.

- De notre base ?! L'IA a-t-elle identifié la source ? demanda Sarian, totalement abasourdi.

- Non. La seule donnée, c'est qu'il s'agit d'un code proche de celui émis par le vaisseau des forces spéciales impériales. L'IA pense qu'il s'agit d'une réponse. Avança Xionnes.

- Cela signifierait qu'il y a quelqu'un ou quelque chose dans la base qui communique avec l'empire en ce moment.

- En effet et ce n'est pas rassurant, mais c'est l'hypothèse la plus plausible

- Je veux un contrôle complet des communications et l'activation du champ de brouillage holocom. Ordonna le chef de la garde Verakin.

- Cela va compliquer sérieusement nos propres communications, nota Xionnes.

- Je sais, mais je préfère ça à la transmission d'informations vitales à nos ennemis. Interroge tout le monde pour savoir s'il n'y a pas eu un comportement suspect. L'IA doit avoir enregistré tous les déplacements. S'il y a quelqu'un qui a communiqué avec l'extérieur, elle doit avoir une trace ! Bon je dois te laisser, j'ai une situation compliquée à gérer ici.

- OK, je te tiens informé.

Xionnes coupa la communication, encore consterné par leur conclusion. Il y avait peut-être un traître dans leur équipe ! Difficile à croire cependant, car comment expliquer qu'il ait attendu si longtemps pour se dévoiler ? En dix-sept ans, il aurait pu les trahir en communiquant avec la station impériale en Australie.

De son côté, Sarian sortit du véhicule pour rejoindre Narvin, qui suivait Mélanie. Cette dernière marchait énergiquement vers le supermarché et était presque entrée quand soudain elle tituba et commença à hésiter. Les Ildarans comprirent instantanément qu'Oria était à l'œuvre et tentait de contrôler la jeune fille. Celle-ci amorça un demi-tour et commença à revenir lentement vers le Mercedes. On devinait le combat qui se livrait dans sa tête à travers la tension sur son visage, mais l'emprise mentale de la jeune femme se renforça et Mélanie adopta une démarche plus naturelle. Oria était sortie du supermarché et se porta à la rencontre de la jeune terrienne puis lui prit le bras et la raccompagna calmement à la voiture. Alex lui ouvrit la portière, probablement rassuré par Irias, qui lui parlait, et la jeune fille entra dans le Mercedes R. La situation était provisoirement rentrée dans l'ordre.

Soulagé, Sarian songea qu'au moins l'un de leurs problèmes venait de trouver une issue positive, même si elle était certainement temporaire.

L'arrêt avait à peine duré vingt minutes et les voitures reprirent la direction d'Auch au maximum de la vitesse autorisée, car il n'était pas question de se faire repérer par la police française.

Oria avait échangé sa place avec Vira dans le monospace afin de mieux contrôler Mélanie, qui ne tarderait pas à s'insurger sur ce qu'elle considérait maintenant comme un enlèvement.

- Que comptes-tu faire avec Mélanie ? demanda Paul à Sarian dans la première voiture.

- Dès que nous le pourrons, nous la relâcherons. Visiblement elle n'est pas prête à te suivre. Répondit l'homme d'un air un peu sardonique.

- Cela va être compliqué si nous devons rester cachés dans ta grotte plusieurs mois avec elle…, fit remarquer l'adolescent, un peu désabusé.

- Pas le choix pour le moment. Fit Darin, il faudra faire avec.

Stéphanie regardait son amant d'un air désolé, mais elle comprenait la position de leur amie. Elle-même avait du mal à accepter les explications de ces hommes et, maintenant qu'ils étaient en France, elle aurait également souhaité rentrer chez elle. Elle posa sa tête sur l'épaule de Paul en essayant de ne plus y penser.

*

L'IA du Squirs Prime venait de capter un signal émis depuis le sud de la France. Elle prit contact avec Corvin.

- LES REBELLES SONT EN VOITURE ET REMONTENT DEPUIS L'ESPAGNE VERS LEUR BASE. J'AI LES COORDONNEES DU SITE PRINCIPAL, MAIS PAS CELLE DES VEHICULES EN MOUVEMENT.

- Ah ! Parfait, enfin ! Le Verakin est-il dans ces véhicules en déplacement ?

- POSITIF, L'APPAREIL ENVOYE DANS L'ESPACE ETAIT UN LEURRE. J'AI MEME DES PRECISIONS. LE VERAKIN IDENTIFIE EST LE PLUS JEUNE FILS : ISHAR.

- Excellent. Calcule les itinéraires possibles, nous allons les intercepter cette fois-ci.

Les douze squirs transitèrent dans le Périgord à proximité de la base Verakin dont il venait d'avoir la localisation. Trois glisseurs de combats envoyés du vaisseau devaient les suivre dans les minutes à venir afin de délimiter une zone d'intervention, car, cette fois-ci, Corvin ne voulait laisser aucune chance aux fugitifs.

Deux cents drones de chasse avaient été littéralement saupoudrés sur la zone et le moindre mouvement était analysé. Rien de pourrait ni entrer ni sortir sans être immédiatement identifié.

Les communications étaient surveillées et, dès que la base rebelle entrerait en contact avec les fuyards, tout le monde serait repéré. Corvin n'eut pas à attendre longtemps, un relais de communication terrestre se mit en relation avec un pylône de communication mobile local. Corvin trouva astucieux d'utiliser les infrastructures de communications autotochtones, cela allait un peu lui compliquer la tâche, car il fallait de nouveau remonter la piste du relais, mais son instinct de chasseur était excité à l'idée d'avoir un gibier à sa mesure.

*

Xionnes ne put contacter Sarian, car le mobile de celui-ci devait se trouver dans une zone non couverte ou la cellule était saturée. Il lui laissa donc un message vocal. « Sarian, les impériaux sont dans le Périgord. Nos senseurs viennent de capter douze transitions quantiques autour de nous. Je suis obligé de déconnecter tous les systèmes de communication pour éviter qu'ils ne nous trouvent. Vous êtes seuls maintenant, bonne chance, Verakin Ildaran Frîîkr ! »

L'IA de la base avait utilisé un relais terrestre, positionné près de la ville de Lamothe-Fénelon, qui avait été détruit immédiatement après l'envoi du message. Moins de deux millisecondes suivant le début du message un drone avait identifié la localisation du relais et un squir transitait sur les lieux. Malheureusement pour celui-ci, le mécanisme s'autodétruisit au moment où il activait un brouilleur pour couper toute communication avec sa base et bloquer un éventuel ordre d'autodestruction. Mais Xionnes avait implanté cette commande en tête de message et dès que celui-ci fut expédié, même privé de communication avec sa base, le relais s'autodétruisit dans un petit nuage de poussière.

Sarian prit connaissance du message quelques secondes plus tard, mais il était trop tard pour transmettre des consignes à Xionnes, car celui-ci avait mis les communications en sommeil. La seule consolation de Sarian fut que les impériaux auraient certainement des difficultés à trouver leur base enfouie dans une grotte non répertoriée. De toute manière, même découverte, ils ne pourraient pas donner l'assaut sans alerter les autorités françaises et violer les Règles des Al-Heoxyrians. S'il se trompait sur le premier point, il avait totalement raison sur le second.

Il fallait maintenant se concentrer sur leur situation, car il devenait très ardu de rejoindre la base avec une surveillance aussi étroite. Ils ne pouvaient plus compter que sur eux-mêmes et à part Telius, probablement en transit vers Paris et Prat, et Vira toujours au Maroc, tous les autres étaient cloîtrés dans la base. Leurs ressources étaient limitées. Pas en argent, car ils pouvaient disposer de comptes bancaires répartis dans plusieurs pays, mais en terme d'armes et d'équipements et il allait devoir trouver un autre site de repli. Les impériaux venaient de leur porter un rude coup.

Ils arrivaient près d'Auch, mais il leur était impossible de s'arrêter dans un d'hôtel, car les adolescents risquaient d'être reconnus. Il est vraiment bon cet impérial songea Sarian. Il a réussi à nous retrouver en peu de temps.

Il se prit également à admirer son adversaire et n'eût été la gravité de la situation et l'enjeu pour l'Empire, il en aurait tiré un certain plaisir. La situation s'était inversée, les impériaux avaient repris l'avantage.

L'admiration était partagée du côté de Corvin, qui, lui, prenait un plaisir intense à cette traque. Il avait le temps, dans les limites de la patience de l'Empereur, et les moyens technologiques de prolonger ce jeu encore un peu. Il allait bientôt faire nuit, mais les squirs étaient habitués à des conditions beaucoup plus dures que de dormir à l'extérieur dans une zone tempérée. De toute façon, les champs *Horlzson* les isolaient de tout. Chacun d'eux avala donc une tablette énergétique et s'allongea tranquillement sur le sol, attendant de nouvelles instructions. Celles-ci ne tardèrent pas, car Corvin ne comptait pas attendre tranquillement que ses adversaires se dévoilent. Il s'était attendu à ce que la base ennemie se soit mise en situation de défense, mais au moins il savait maintenant où elle se trouvait. Il savait qu'il lui était impossible de la prendre d'assaut sans alerter les autorités locales et rompre la charte des Al-Heoxyrians, mais de toute façon, cette station, n'était pas sa cible prioritaire.

Il en avait la confirmation : l'héritier Verakin était dans un véhicule terrestre entre Tarragone et cette base. Il demanda donc à l'IA de son navire d'afficher tous les itinéraires empruntant les routes secondaires depuis l'Espagne. Sans surprise l'une d'elles passait par Auch et Agen. Corvin envoya aussitôt deux glisseurs, avec quatre membres de son équipe, chargés de sonder tous les véhicules en mouvement dans cette zone. Il était près de 21h et les habitants seraient pour la plupart déjà rentrés chez eux et il n'y aurait donc qu'un faible nombre de véhicules à contrôler. C'est de cette manière et, malgré un changement de trajectoire de la part de Sarian que l'un des squirs finit par survoler deux véhicules n'émettant aucune émission cérébrale. Il alerta immédiatement Corvin, qui battit le rappel de son équipe.

Les équipements de détection de la base de Sarian étant en veille, personne ne détecta le déplacement silencieux du glisseur qui survolait tranquillement l'Audi et la Mercedes à quatre cents mètres d'altitude. Sarian avait fait bifurquer les deux voitures vers le nord-ouest en direction de Condom afin de se diriger vers Bordeaux. Il avait modifié ses projets et escomptait que tout le monde embarque sur un navire marchand en direction de l'Amérique du Sud. Le plan était un peu désespéré, mais il n'en avait pas d'autres pour le moment.

Corvin se fit ramasser par un glisseur qui redécolla aussitôt. Les rebelles ne pouvaient plus s'échapper : une centaine de drones étaient maintenant verrouillés sur eux. Les véhicules et chaque passager étaient identifiés par une signature énergétique, et même sans schémas cérébraux, la chaleur corporelle et les moteurs fournissaient suffisamment d'informations pour qu'il leur soit impossible de s'échapper.

Le chef de squirs avait minutieusement choisi le lieu de l'embuscade. Le ciel était nuageux et la lune masquée : personne ne remarquerait l'intervention si elle était suffisamment rapide et bien exécutée.

Le capitaine impérial décida d'intercepter les véhicules des fugitifs après le village de Saint-Lary, sur la départementale 930. Il y avait une longue ligne droite et deux de ses hommes pourraient facilement bloquer la route en amont et en aval afin d'éviter les interventions extérieures. Il y avait bien quelques fermes, le long de la départementale, mais elles étaient suffisamment éloignées pour que personne n'ait le temps d'intervenir.

Tout était en place : un squir bloquait la route derrière les deux voitures et un autre était positionné au lieudit Labatisse. Un glisseur surveillait les routes secondaires et les deux autres appareils de combat suivaient les véhicules. L'un se posa en plein milieu de la route et le second descendit brutalement sur l'arrière pour ajuster sa vitesse à celle des voitures.

Darin, aidé par sa vision nocturne que lui octroyaient ses Nanocrytes, aperçut immédiatement le glisseur barrant la route à cinquante mètres devant lui, mais il n'eut pas le temps d'alerter Narvin dans la Mercedes. Le second glisseur atterrit derrière eux, bloquant toute retraite. Les routes alentour étaient désertes et il n'y avait aucun autre véhicule sur la D930.

La voix de Corvin raisonna, amplifiée par les équipements de son glisseur positionné à la verticale du véhicule de tête.

- Ishar Verakin, dites à vos hommes de se rendre. Nous ne voulons pas vous tuer sinon vous seriez déjà mort. Si vous vous rendez, vos compagnons seront bien traités. Nous avons trois glisseurs de combat et un vaisseau en orbite, disrupteurs verrouillés sur vos véhicules, vous n'avez aucune chance de vous échapper.

- Sarian, qu'est-ce qu'on fait ? demanda Paul, curieusement très calme, malgré la situation.

- À toi de décider, nous sommes prêts à mourir. Si tu es fait prisonnier, ton sort dépendra du bon vouloir de l'Empereur Seravon et nous serons certainement exécutés. Quant à tes amis, je n'en sais rien, cela dépend de cet impérial dit-il en montrant, d'un signe de tête, le glisseur devant eux.

- On pourrait activer nos champs de protection et passer en mode furtif, ils perdraient notre trace ? proposa l'adolescent.

- Si nous disparaissons de leurs senseurs, le glisseur ouvrira le feu et nos champs Horlzson seront saturés immédiatement. Nous n'avons aucune chance d'en réchapper ainsi. Répondit Darin.

- Je vais donc appliquer une maxime locale : tant qu'il y a de la vie, il y a de l'espoir. Je trouve stupide de se sacrifier dans un baroud inutile. Sortons très doucement. Commanda l'adolescent en ouvrant doucement la portière de l'Audi.

Tous les neuf sortirent très lentement des véhicules afin de ne pas risquer de méprise, mais les hommes de Corvin étaient tous des professionnels et il n'y eut aucune bavure. Le glisseur de Corvin s'était posé non loin des voitures et les squirs convergèrent vers le groupe. Sarian et ses hommes entouraient Paul afin de tenter encore de le protéger même s'ils savaient que, devant trois glisseurs de combat, leur geste était purement symbolique.

Déposez vos armes, déconnectez vos champs Horlzson et enlevez vos résilles *Kries*, ordonna le capitaine squir.

- Obéissons. Fit Paul aux ildarans.

- Ils ont bien des psykans avec eux s'ils nous demandent d'enlever nos résilles. Intervint Oria, qui s'était rapprochée de Paul. Prépare-toi, car ils vont certainement tenter de prendre le contrôle de ton esprit. Lui chuchota-t-elle.

Tout le groupe s'exécuta et les adolescents, Paul excepté, s'écroulèrent immédiatement. Devant la mine décomposée du garçon, Corvin intervint pour éviter tout malentendu qui aurait pu compliquer la situation :

- Ils dorment, ne vous inquiétez pas nous les relâcherons plus tard, après avoir effacé de leurs mémoires les souvenirs de cette aventure.

Paul ressentit une violente douleur lorsqu'un psykan tenta de s'immiscer dans son esprit tandis qu'Oria hurlait, car deux squirs venaient simultanément d'essayer de forcer ses défenses. La jeune femme s'écroula et se tordit de douleur.

Paul avait le cerveau en feu lorsqu'il eut soudain l'impression de se dédoubler. Ses perceptions étaient brouillées par l'attaque mentale du psykan. C'était réellement la première fois qu'il subissait une agression de cette nature et n'y était pas complètement préparé. Il eut l'impression que son esprit avait quitté son corps et ne ressentait presque plus le poids ou la gêne de son enveloppe physique. Il était en quelque sorte désincarné, mais la douleur de la décharge psychique était bien réelle. Il appréhendait son environnement comme s'il était dans un nuage déformant la lumière à travers des prismes chromatiques et percevait, sans être acteur, le combat qui se livrait dans son esprit ainsi que la détresse de l'Ildarane. Inconsciemment, son cerveau puisa la force de contrer les effluves mentales du Squir et il libéra sans contrôle sa rage contre leurs assaillants.

[**NON !**] [**LAISSEZ-LA !**] Il avait déchaîné sa puissance psychique, sans retenue, et deux squirs vacillèrent, les neurones court-circuités. L'un d'entre eux se crispa sur la détente de son pulseur et un rayon à distorsion moléculaire balaya le terrain devant lui, traversant l'espace où se trouvait le groupe de Paul. Celui-ci n'eut pas le loisir de vérifier si quelqu'un avait été atteint, car la pression mentale sur son esprit s'intensifia.

Corvin avait réagi immédiatement pour épauler le psykan qui tentait de prendre Paul sous sa domination et qui, avec le choc en retour, commençait également à céder. Paul perçu la puissance du nouveau squir et prit la mesure des capacités de ses ennemis en sentant ses défenses mentales faiblir, mais au fur et mesure que Corvin renforçait son attaque, Paul puisait dans les ressources de ses glandes psykanes, génétiquement implantées dans sa lignée depuis trente mille ans.

Cinq squirs contrôlaient Vira, Sarian, Irias, Narvin et Darin et le second de Corvin maîtrisait maintenant Oria, mais Corvin comprit qu'il ne réussirait pas à vaincre Paul dans un combat mental, l'effet de surprise passé. Son bouclier psychique commençait à se fissurer et un autre de ses hommes venait de s'écrouler, probablement mort, lui aussi. Le psykan sortit alors un pulseur à aiguilles de sa veste de combat et mit en joue l'héritier Verakin. Tant pis pour les ordres de l'Empereur, s'il ne pouvait pas le capturer vivant, il devait mourir. Il appuya sur la détente et vingt fléchettes de *corodrium* furent expulsées de l'arme, à 1800m/s, en direction du garçon qui n'avait aucune chance d'esquiver la rafale.

Et soudain tout fut terminé.

*

Chapitre 9

Tout le groupe d'Ishar Verakin avait disparu, laissant Corvin et ses hommes survivants, totalement médusés.

- IA, où sont-ils ? Comment ont-ils pu transiter sans générateur Randarion ? tempêta Corvin en regardant dans tous les sens.

- IL N'Y A AUCUNE TRACE DE SAUT NI ANOMALIE GRAVITATIONNELLE LOCALE. JE N'AI AUCUNE EXPLICATION A LEUR DISPARITION. IL Y A EU, VRAISEMBLABLEMENT, USAGE D'UNE TECHNOLOGIE NON DETECTABLE PAR MES SENSEURS.

- Mais c'est impossible ! Où sont-ils passés ? Le squir était à la fois furieux et effrayé, car il ne comprenait pas comment neuf personnes, dont huit inconscientes ou sous contrôle mental, avaient pu disparaître simultanément sans utiliser leurs générateurs de trous de vers.

Il ordonna à l'IA de son vaisseau de revérifier les senseurs surveillant la zone, mais aucun des détecteurs des drones, des glisseurs ou du vaisseau en orbite, n'avaient identifié de signature de saut quantique. Corvin dut se résoudre à accepter que les fugitifs n'aient pas pu s'échapper par ce moyen. Mais où étaient-ils passés ?

- Niir rappelle nos hommes qui bloquent la route. Qu'ils transitent directement à bord, ordonna-t-il.

Les sept survivants du groupe de Squirs étaient désemparés pour la première fois de leur existence. Un évènement totalement incompréhensible venait de se produire et leurs capacités mentales avaient été mises en échec par un adolescent encore en formation aux techniques psykanes !

Corvin s'acharna encore à rechercher une trace mentale de l'esprit de sa cible. En vain, Ishar Verakin semblait s'être évaporé. Au bout d'une heure de recherche et d'indécision, le chef des squirs ordonna à son équipe de retourner à bord du vaisseau en orbite. Les corps des trois commandos tués furent embarqués à bord de l'un des glisseurs de combat qui décolla immédiatement, piloté à distance par l'IA du Squirs Prime.

Le reste de l'équipe se répartit à bord des deux autres glisseurs qui suivirent le premier appareil. Ils appontèrent dans le hangar arrière de l'aviso et Corvin laissa ses hommes retourner à leur cabine pendant qu'il se rendait au centre du contrôle du vaisseau pour faire son rapport. Celui-ci partirait dans l'heure par sonde messagère et il était probable que l'Empereur envoie une autre unité pour enquêter sur cette affaire. À sa décharge, le psykan pouvait compter sur les enregistrements de toute la scène par les drones d'observation et les deux IA pour justifier son échec, mais il craignait néanmoins que cela ne suffise pas à calmer la colère de l'empereur.

Il n'y avait aucune explication rationnelle à la disparition du groupe fidèle aux Verakin. Était-il possible qu'ils aient développé une nouvelle technologie de déplacement ? Dans ce cas, pourquoi avoir attendu si longtemps pour l'utiliser ? Après avoir expédié la sonde en mode autonome depuis le Squirs Prime, Corvin alla se reposer dans sa cabine sachant que la réponse de l'Empereur mettrait au moins deux cents heures locales à revenir.

*

Chapitre 10

Paul n'eut pas l'impression d'avoir perdu conscience, mais il ne ressentait plus rien. Un moment il se crut mort, ayant encore le souvenir d'un pulseur à aiguilles pointé sur lui alors qu'il se débattait face à un puissant psykan.

Suis-je mort ? pensa-t-il. Non, si j'étais mort je ne penserais plus. Mais où suis-je ? Je ne ressens rien.

- [Non, jeune Ishar, tu n'es pas mort.]

- [Qui êtes-vous ? Où suis-je, où sont mes amis ?]

- [Cela fait beaucoup de questions, jeune Verakin] répondit la voix très posément. [Tu es … ici.]. Il y eut un blanc qui parut interminable et la voix reprit. [Là où nous sommes, la notion de lieu n'a pas beaucoup de sens, mais vous n'avez pas été déplacé si cela peut répondre à ta question.]

- [Alors que nous est-il arrivé ?]

- [Bien. Tu apprends vite. Vous êtes dans un autre plan de la réalité que certains scientifiques de ta planète appellent une autre brane]

- [Je ne comprends pas. Je ne vois rien, ne ressens rien.]

- [Ce n'est pas très important, ici les radiations que tu appelles lumière ou les vibrations qui transmettent les sons n'ont pas cours. L'essentiel est que tu sois hors d'atteinte de ceux qui voulaient la destruction de ton essence vitale.]

- [Vous m'avez sauvé la vie !]

- [En effet, ton rôle dans ce plan de l'existence n'est pas terminé et je ne pouvais pas permettre que tu sois annihilé.]

- [Qui êtes-vous ?]

- [… Un émissaire.]

- [De qui ?]

- [De ceux que vous appelez les al-heoxyrians.]

- [Vous avez utilisé le terme ceux, cela signifie-t-il qu'ils sont plusieurs ?]

- [Je ne possède pas cette information. Je ne suis qu'un émissaire. J'ai simplement fait référence à votre terminologie.]

- [Pourquoi m'avoir sauvé la vie ?]

- [Le fait que tu poses cette question après ce qui vient de t'arriver prouve déjà tes aptitudes. Mais pour répondre à ta question, cette galaxie a besoin de toi. Elle est menacée et le plan d'existence sur lequel tu vis, est en grand danger. L'Empire d'Ildaran est la seule unité politique et militaire capable d'y faire face, mais l'Empereur actuel est corrompu par des ennemis insidieux qui veulent la perte de cette région de l'univers dans toutes les branes.]

- [Je ne comprends pas.]

- [Ce n'est pas important. Tu dois reprendre le trône de l'Empire et combattre le danger qui arrive.]

- [Quel est ce danger ? D'où vient-il ?]

- [Je ne suis qu'un émissaire chargé de te délivrer un message, je n'ai pas de réponse à ces questions.]

- [Qu'êtes-vous ?]

- [...Un concept entité émissaire. C'est l'explication la plus proche de ma nature que tu puisses appréhender. Je ne suis pas important. L'essentiel est que tu te rendes sur Polona. Puis tu devras reprendre le trône d'Ildaran.]

- [C'est quoi, Polona ? Un pays ? Une planète ?]

- [Tu le découvriras très bientôt, mais maintenant tu dois retourner sur ta brane avec tes amis, car tu ne peux pas survivre longtemps ici. Je vais vous déplacer à l'intérieur de ce que ton ami Sarian appelle sa base. Souviens-toi : tu dois reprendre le trône, cela passe par Polona et l'avenir de cette galaxie dépend de toi. Dernière chose : quand tu seras de retour dans ton plan d'existence, tu tiendras un bandeau à la main. Tu dois le mettre sur ta tête, c'est très important jeune Verakin.]

- [Que signifie ce bandeau ? Je dois le porter combien de temps ?]

- [Il ne représente rien. Pose-le simplement sur ta tête. C'est très important : tu dois le porter dès que tu seras de retour, ton avenir en dépend. Bonne chance jeune Verakin.]

- [Échangerons-nous de nouveau ?]

- [Je ne pense pas, je suis un concept entité éphémère et ma mission est maintenant achevée].

*

Paul se retrouva soudain dans une salle inconnue de couleur blanche. Il semblait allongé à même le sol, mais il ne percevait pas clairement son environnement. Un homme se pencha sur son visage et sembla lui parler, mais aucun son ne sortait de sa bouche. *À moins que je ne sois devenu sourd* ? pensa l'adolescent brièvement. Mais avant que sa crainte ne se transforme en panique, son ouïe revint progressivement et il perçut quelques mots : *blessé... Trop touché... altesse... Rien d'apparent ... caisson médical ... urgent.* Paul n'avait aucune idée de l'endroit où il se trouvait et ses pensées étaient encore confuses, comme s'il venait d'émerger d'une anesthésie générale. Ses facultés de récupération étaient cependant à l'œuvre et il commençait à sortir de sa léthargie. Impossible, cependant, de bouger la moindre partie de son corps, mais il entendait maintenant plus distinctement.

- Votre Altesse, je suis Xionnes. Que vous est-il arrivé ? demanda l'homme penché sur lui.

Dans un effort surhumain, Paul parvint à cligner des yeux.

- Rassurez-vous, vous n'êtes pas blessé reprit l'homme, alors que Paul commençait à ressentir une fulgurante douleur dans les membres.

Il eut l'impression que son corps avait été privé de circulation sanguine et que celle-ci venait brusquement de se réactiver. Un fourmillement intense le traversa, mais ses Nanocrytes médicales neutralisèrent la douleur instantanément.

- Ou suis-je ? parvint-il à bredouiller. Mes amis, sont-ils saufs ?

- Vous êtes en sécurité dans notre base en Dordogne, tout votre groupe est arrivé en même temps que vous. Esquiva l'homme en détournant le regard, l'air gêné par la question.

- C'est encore brouillé dans ma tête. Auriez-vous quelque chose à boire, je me sens un peu faible. Parvint à articuler Paul, un peu rassuré par les paroles de Xionnes.

- Tenez Votre Altesse, émit l'homme en lui tendant une sorte de biberon qui n'avait rien d'un objet pour enfant. Buvez, c'est un reconstituant qui va vous permettre de récupérer plus rapidement, ajouta-t-il.

Paul aspira l'épais liquide qui ressemblait à du lait concentré sucré et, en à peine quelques secondes, il se sentit plus assuré. Il prit conscience que sa main droite tenait un objet, dont il n'avait pas le souvenir. Il découvrit une sorte bandeau, fabriqué dans une étrange matière comparable à du métal élastique. La sensation était curieuse au toucher : c'était froid, cela ressemblait à du mercure, mais caoutchouteux. Il n'avait jamais rien vu de semblable et, en le manipulant, il discerna, à l'intérieur, six minuscules pierres qui brillaient comme des diamants. Elles étaient réparties, à intervalles réguliers, sur la circonférence. C'était la première fois que Paul voyait un bijou avec des pierres précieuses à l'intérieur plutôt qu'à l'extérieur.

Il était encore dans un état second, mais les mots résonnaient dans sa tête : *tu dois mettre ce bandeau.* Presque mécaniquement, sans trop y réfléchir, Paul ceignit l'étrange serre-tête. Celui-ci s'ajusta immédiatement à son front et il ressentit de petites piqûres, tout autour du crâne. Par réflexe, il porta sa main droite à sa tempe, mais le bandeau avait disparu. Xionnes, qui s'était éloigné de quelques pas, revint vers lui et fronça les sourcils. *Vous saignez Votre Altesse,* s'exclama-t-il.

- Je ne sais pas, répondit béatement l'adolescent qui commençait à recouvrer l'usage de ses membres inférieurs et essayait de se redresser. Il chercha des yeux ses amis, mais ne vit qu'un balai d'individu s'affairer autour de plusieurs silhouettes allongées au sol. Du sang ! s'alarma-t-il en observant le groupe plus attentivement. Y a-t-il des blessés ? S'enquit-il, soudain angoissé à l'idée que quelque chose soit arrivé à ses amis et à Stéphanie en particulier.

- Oui. Avoua Xionnes à regret. L'un de vos amis a été atteint sérieusement par un disrupteur, de même que Narvin. Oria est blessée au bras et Vira à la jambe. Les autres sont indemnes.

Paul eut l'impression d'avoir été frappé par un coup de poing dans l'estomac. *Stéphanie !* s'exclama-t-il, en tentant de se relever pour s'approcher du groupe, mais il était encore trop faible et, sans l'aide de Xionnes il se serait étalé sur le sol.

- Rassurez-vous, votre amie n'a rien, répliqua Xionnes en l'accompagnant pour se rasseoir.

- Alex et Narvin sont gravement touchés ? demanda l'adolescent peu rassuré par les paroles de l'ildaran.

- Oui, je suis désolé

- Mais ils vont guérir ? interrogea Paul, pourtant presque assuré de la réponse du fait de l'attitude embarrassée de son interlocuteur.

- Le rayon du disrupteur l'a atteint à la tête et à l'épaule droite, nous n'avons rien pu faire. Se résigna à avouer l'homme.

- Non. Pas lui. Hurla Paul en prenant sa tête dans ses mains. Il revit en accéléré les bons moments passés avec son meilleur ami : leur rencontre, leur complicité, les vacances, une chute de ski, les révisions scolaires, les soirées … Il ne pouvait pas accepter qu'il ait été tué. Mais vous devez pouvoir le sauver avec toute votre technologie ? implora-t-il.

- S'il avait été atteint ailleurs qu'à la tête ou au cœur, nous aurions peut-être pu. Mais là, c'est impossible. Je suis désolé, Votre Altesse, nous ne pouvons plus rien faire pour lui. Xionnes détourna la tête pour ne pas affronter le regard désespéré de son empereur légitime.

Après la douleur profonde vint aussitôt la rancœur. C'était la faute de ces ildarans. S'ils ne l'avaient pas entraîné dans cette histoire, Alex serait encore en vie. Il en voulait à Sarian, à Darin, et même à Oria. S'ils ne s'étaient pas mêlés de ses affaires, les impériaux l'auraient peut-être capturé, mais Alex ne serait pas mort. Il jeta d'une voix déformée par la colère.

- Je veux le voir ! sous l'effort, il réussit à se mettre debout.

- Appuyez-vous sur moi, Votre Altesse, bredouilla Xionnes avec une gêne indescriptible.

Paul, aidé par l'ildaran parvint à s'approcher du centre de la grande pièce. Son premier regard fut pour Stéphanie, mais la jeune fille semblait bien portante. Un appareil inconnu était enroulé autour de son bras droit, mais rien n'indiquait un quelconque problème. Le spectacle sur sa droite était autrement plus effrayant et cela lui souleva le cœur. Vira avait été atteint par le rayon sur le côté droit et la moitié de sa jambe avait disparu ! Il ne semblait pourtant pas souffrir et tentait même de parler avec Darin. Le regard de Paul se fixa ensuite sur Oria. La jeune ildarane avait perdu sa main gauche, mais, elle non plus, ne semblait pas souffrir et Paul songea immédiatement à leurs Nanocrytes militaires qui détournaient les signaux nerveux de la douleur.

Les corps d'Alex et de Narvin avaient été tirés un peu à l'écart et recouverts d'un grand tissu blanc.

- Puis-je voir mon ami ? s'enquit Paul auprès de Sarian, qui s'était approché de lui.

- Attends-toi à un spectacle peu réjouissant, jeune Ishar

Sarian avait utilisé le véritable nom de Paul ? Peut-être pour lui faire prendre conscience de la dure réalité de sa nouvelle vie ? Le garçon ne connut jamais la réponse, car l'ildaran souleva le tissu sans un mot. La vision était cliniquement étrange : la partie supérieure du corps d'Alex avait tout simplement été effacée : proprement, comme gommée. Le rayon semblait avoir cautérisé la plaie et il n'y avait finalement que très peu de sang. L'adolescent eut néanmoins un haut-le-cœur en prenant conscience de la dangerosité des armes ildaranes.

- Transportez les jeunes filles dans des chambres. Il n'est pas utile qu'elles restent par terre, les sondes médicales n'indiquent aucun traumatisme. Ordonna Sarian en se retournant vers ses hommes. Nous n'avons rien pu faire pour le sauver. Sa blessure était fatale, mais il n'a pas souffert. Ajouta Sarian à l'attention de Paul.

- Et Narvin ?

- Coupé en deux, le cœur a été atteint. Il est mort sur le coup.

- Comment ? lâcha Paul d'une voix sourde.

- Nous étions tous inconscients et j'ignore totalement ce qui s'est passé. Mais comme Vira et Oria sont également touchés et qu'ils étaient à côté d'Alex et Narvin, je suppose qu'un des Squirs a ouvert le feu et balayé sans maîtriser son arme. Par contre, nous ignorons comment nous avons atterri ici.

- C'est votre faute ! rétorqua Paul en essayant de frapper Sarian au torse.

- Non Paul. C'est le destin. Nous avons tout fait pour vous protéger, mais nos adversaires sont prêts à tout pour te voir disparaître. Répliqua l'homme en attrapant les mains du garçon.

- Ressaisis-toi, Paul ! Ton ami est mort, de même que Narvin en essayant de te protéger. Le combat ne fait que commencer. Tu dois te comporter en Empereur ! Il est temps de prendre conscience de tes responsabilités. Jeta violemment Oria, qui s'était approchée et tenait son bras gauche avec sa main droite.

- Mais c'est injuste. Je n'ai rien demandé. Ni Alex. Revendiqua le garçon, en colère contre la jeune femme qui l'obligeait à affronter la dure réalité.

- Tu ES un Verakin ! cria-t-elle. Tu n'es pas un humain comme les autres. Tu dois assumer ton héritage et malheureusement la violence en fait partie. Narvin était mon ami, mais il est mort au combat comme il l'avait choisi en te protégeant ! Tu dois respecter sa mémoire et l'honorer en assumant ton destin. La jeune femme d'ordinaire calme était transfigurée. Elle reprochait à Paul de s'apitoyer sur son sort.

L'adolescent était en état de choc. Il ne contrôlait plus sa rage et cherchait un bouc émissaire. Sa colère, sans coupable sur qui la reporter, ne faisait que s'amplifier. Inconsciemment, il savait que Sarian et son groupe n'étaient pas directement responsables de la mort d'Alex. Soudain, il revit la scène, comme dans un mauvais ralenti de série B. Le combat mental contre les squirs et l'un deux qui vacille en ouvrant le feu avant de s'effondre au sol. *Je suis responsable ! C'est moi qui les ai tués en combattant ces psykans !* Après la rage, les remords. Il serra les poings et libéra son esprit.

- Paul ! Arrête ! hurla l'ildaran en mettant sa tête dans ses mains. Contrôle-toi ! Ce furent les seules paroles de la jeune femme qui s'effondra au sol.

- Oria ! cria-t-il en se précipitant vers elle.

Un homme, que Paul crut reconnaître comme l'ancien ami de ses parents, posa un appareil sur le front de la jeune femme et se retourna vers lui.

- Elle est juste évanouie, mais il grand temps que tu apprennes à maîtriser des talents de psykan si tu ne veux pas tuer quelqu'un par accident.

- Jean-Pierre ! s'exclama l'adolescent.

- Mon véritable nom est Numarion. Ravi de te revoir jeune Verakin même si j'aurais préféré que ce fût dans d'autres circonstances. Reprends-toi. Oria a raison, nous sommes en guerre et la perte de ton ami ne sera malheureusement pas la dernière.

- Vient Paul, allons-nous asseoir. Proposa Sarian en attrapant le bras du garçon. De quoi te souviens-tu ?

L'adolescent se laissa entraîner dans une pièce adjacente. Un miroir tapissait le mur du fond et il s'en approcha pour découvrir une petite trace de sang sur son front. En observant plus attentivement, il découvrit une petite pierre brillante incrustée dans sa peau. En tournant la tête, il en découvrit deux autres, une sur chaque tempe. Il passa sa main dans ses cheveux et sentit la présence de trois autres pierres à l'arrière de sa tête. Les six pierres du bandeau s'étaient fixées dans son crâne. *Comment vais-je enlever ça, maintenant ?* pensa-t-il.

*

Chapitre 11

Paul hésitait à raconter son expérience tant elle lui paraissait incroyable, mais les gemmes incrustées dans son crâne allaient peut-être l'aider à les convaincre. Après tout, le concept entité émissaire ne lui avait pas demandé de garder leur conversation secrète. Il commença donc à décrire sa rencontre avec l'émissaire des Al-Heoxyrians.

- Si je comprends bien, tu dis que cet émissaire nous a transportés dans une autre brane ? Tu y comprends quelque chose, Xionnes ? demanda Sarian à celui qui était considéré comme le plus scientifique du groupe.

- D'après ce que j'en sais, cette notion de brane provient de la théorie des cordes et des multivers qui voudrait que notre univers fasse partie d'un ensemble de dix dimensions contenant tous les univers.

- Moi, je n'y comprends rien, intervint Darin.

- Essaie de raisonner comme si tu étais un acarien sur un fil. Pour toi, le fil ne possède qu'une dimension : sa longueur, car tu ne perçois pas l'épaisseur. Mais pour un acarien microscopique, la largeur et l'épaisseur du fil sont perceptibles. Il peut se déplacer dans la largeur du fil. La théorie des cordes décrit que notre univers contient en réalité dix dimensions alors que nous n'en percevons que quatre : longueur, largeur, profondeur et temps. Une onzième dimension est censée contenir tous les univers. Je crois que le propulseur Randarion utilise une de ces dimensions pour effectuer un déplacement instantané en repliant la structure de notre espace conventionnel à l'intérieur du champ de déplacement. Je connaissais donc l'existence de ces dimensions supplémentaires, mais j'ignorais que l'on pouvait y séjourner. En théorie, les lois de la physique y sont différentes et nous ne pourrions pas y vivre. Cet émissaire a certainement créé une structure de confinement pour vous permettre d'y résider temporairement. Compléta l'homme.

- S'il a utilisé un mode de déplacement quantique, comment se fait-il que nous ne l'ayons pas détecté ? s'informa Pallaron.

- Il est possible qu'ils utilisent un autre moyen pour replier l'espace, peut-être une fréquence différente. Imaginons que tu possèdes un scanner capable de capter une fréquence fixe, cela ne te permettrait pas de détecter une émission sur une autre fréquence. Si c'est vérifié, cela devrait nous permettre d'améliorer le fonctionnement des propulseurs Randarion et démontrerait que nous avons encore d'énormes progrès technologiques à faire. Exprima Xionnes, dubitatif.

- Et ces pierres. Tu n'as aucune idée de leur nature ? demanda Darin, qui fixait le front de Paul avec curiosité.

- Non. À la fin de l'échange, l'émissaire m'a dit que je devais me rendre sur Polona, sans plus de précision, et que je devais porter un bandeau. Je l'ai mis sur ma tête et ces pierres se sont incrustées dans mon crâne puis le bandeau a disparu. Répondit le garçon.

- IA, connais-tu un système ou une planète appelée Polona ? se renseigna Sarian.

- À MA CONNAISSANCE, IL N'Y A AUCUNE REFERENCE A POLONA DANS L'ESPACE CONNU DE L'EMPIRE. SI C'EST UNE PLANETE, ELLE N'EST PAS REPERTORIEE. Répondit l'unité pensante.

- Cela ne va pas nous simplifier la tâche si personne ne sait à quoi correspond le nom de Polona. En attendant, je souhaiterais que Paul fasse un bilan complet dans le caisson médical, car ces pierres m'inquiètent. Je ne pense pas que cet émissaire soit malveillant, mais savoir que tu portes ces artefacts ne me rassure pas. Exigea Sarian.

- Les deux caissons sont occupés par Oria et Vira et ne seront pas disponibles avant plusieurs heures. Nous verrons ça demain matin. Ces pierres ne semblent pas menacer Paul dans l'immédiat. Intervint calmement Darin afin de tempérer l'inquiétude affichée de son chef.

- OK, tu as raison, je suis un peu à cran. Cette intervention des Al-Heoxyrians m'a secoué, je l'avoue. Je ne crains pas grand-chose, mais ces entités me fichent la trouille. Elles ont quand même annihilé un système solaire entier. Se justifia l'ildaran.

- JE DETECTE DE NOUVEAU LE SIGNAL FANTOME, intervint l'IA.

- Origine ? s'enquit aussitôt le responsable de la base.

- À L'INTERIEUR DE LA BASE, MAIS JE NE PARVIENS PAS A LE LOCALISER PLUS PRECISEMENT.

- De toute façon, rien ne doit passer avec le champ de neutralisation holocom ? intervint Darin.

- OUI, C'EST D'AUTANT PLUS SURPRENANT QU'IL Y AIT EU CETTE EMISSION, CAR TOUT LE MONDE SAIT QUE NOUS SOMMES EN ALERTE /DEFENSE MAXIMUM/ rétorqua l'unité cybernétique.

- C'est peut-être un relais automatique ? suggéra Pallaron.

- Comment serait-il arrivé jusqu'ici ? fit Xionnes en écarquillant les yeux.

- Continue de chercher, l'essentiel est qu'il ne puisse pas communiquer, mais il faut le trouver avant que nous ne rouvrions le bouclier com. ordonna Sarian. Qu'a dit de plus cet émissaire ? reprit l'homme en s'adressant à Paul.

- J'ai tout dépeint. Je n'ai pas compris grand-chose, mais il a été peu disert. Répondit l'adolescent.

- En tout cas, c'est bien la première fois que j'entends parler d'une intervention des Al-Heoxyrians depuis la destruction du système de Brasky. Lâcha Darin, réellement impressionné.

- Et bien, j'aurais souhaité qu'il sauve Alex. Narvin également, bien sûr. Fit Paul, toujours amer. Comment vont Oria et Vira ?

Sarian lui expliqua qu'ils étaient tous les deux dans des caissons médicaux qui allaient accélérer la régénération cellulaire des parties blessées. Sous une douzaine d'heures, la main d'Oria aurait repoussé et la jambe de Vira serait parfaitement fonctionnelle sous vingt-quatre heures. Paul prendrait la place d'Oria dès que possible pour que les Nanocrytes médicales étudient les pierres incrustées autour de sa tête.

Il allait falloir également gérer la mort d'Alex. Narvin avait été dissocié, comme le voulait la tradition ildarane, mais Paul ne se résolvait pas à autoriser la dissociation moléculaire de son ami. Il pensait aux parents et à la petite sœur du garçon. Ne jamais savoir ce qu'il était devenu serait un supplice qu'il se refusait à leur imposer.

- Nous ne pouvons pas leur ramener le corps. Ses blessures ne correspondent à aucune arme connue sur cette planète. Argumenta Sarian.

- Je ne peux pas laisser ses parents dans l'incertitude. Ils ont le droit de faire leur deuil. C'est une coutume chez nous. Contra Paul, d'un ton sec.

- Nous pourrions simuler un accident dans lequel un véhicule serait détruit et brûlé ? proposa Darin.

- Sans les impériaux en orbite qui n'attendent qu'un mouvement de notre part pour nous tomber dessus ce serait faisable, mais là, c'est courir un risque que nous ne pouvons pas prendre. Objecta Sarian.

- Et bien, il faut trouver une solution, car je me refuse de laisser ses parents dans l'ignorance. Soutint Paul sur un ton ferme qui ne laissait pas d'ouverture à un changement d'avis.

Comme il n'y avait pas d'urgence absolue, Alex avait été mis en stase. Sarian proposa que tout le monde aille se reposer, il serait temps de faire le point le lendemain matin. Cela laisserait le temps à Oria de récupérer et de réfléchir à une nouvelle stratégie. Paul se laissa convaincre, car il était encore faible après cette expérience. Xionnes n'avait trouvé aucune explication rationnelle à leur fatigue anormale, il avait juste émis l'hypothèse que le séjour dans une autre brane, ou le transfert, devaient affecter l'organisme bien plus qu'une transition quantique. Peut-être que le champ de confinement n'était pas totalement imperméable ?

Paul se retrouva dans la chambre de Vira, ce dernier était dans un caisson médical, il n'en aurait pas besoin avant vingt-quatre heures. Darin lui avait expliqué qu'elles étaient toutes conçues sur le même modèle, mais que chacun avait agrémenté l'espace avec quelques objets personnels.

Apparemment, Vira semblait passionné par la faune africaine, car il y avait de nombreuses représentations d'animaux en bois et en pierre de savon. Quelques photos ornaient les murs et Paul reconnut l'ildaran sur l'une d'elles, qui devait avoir été prise en Afrique, dans une réserve animalière. Il aurait participé à un safari photo ? Découvrir cette facette de sa personnalité le surprit. En y réfléchissant, ils sont ici depuis dix-sept ans. Ils n'allaient pas rester enfermés tout ce temps. Quelles autres activités ont-ils bien pu faire ? songea l'adolescent. Il n'eut pas le loisir de s'interroger davantage : la fatigue le terrassa et il sombra dans un sommeil peuplé de rêves étranges. [Cette galaxie dans tous les plans d'existence est en grand danger…] …

*

La nuit fut calme en Dordogne, l'IA de la base surveillait les alentours à plus de cinquante kilomètres à la ronde avec des détecteurs passifs et avait enclenché le champ de neutralisation quantique. Celui-ci interdisait toute intrusion par trou de vers.

123

Le champ Horlzson n'était pas activé afin d'éviter une dépense d'énergie inutile, mais de toute façon les impériaux ne pouvaient pas les prendre par surprise et, en cas d'attaque, il serait toujours temps d'isoler hermétiquement la grotte.

Au petit matin, Paul se réveilla en sursaut, l'esprit encore encombré de rêves effrayants. Il n'en avait pas de souvenirs précis, mais il ressentait une angoisse diffuse qui le mettait mal à l'aise. L'adolescent avait totalement récupéré physiquement et se souvint instantanément où il se trouvait. Il se leva et chercha des yeux quelque chose qui pourrait ressembler à une salle de bain. Il entrouvrit une porte attenante à la chambre et découvrit une petite pièce comportant un lavabo et une cabine transparente. Un peu désappointé par la disposition de la cabine, il chercha vainement un robinet, mais ne trouva qu'une sorte d'interrupteur. Ne voulant pas prendre le risque d'une fausse manipulation, il se rabattit sur le lavabo. L'usage était simple, car, lorsqu'il approcha une main du bec-de-canard qui émergeait de la vasque, de l'eau jaillit automatiquement. Sans hésiter, il s'aspergea le visage. *Pas de serviettes, mais comment font-ils ?* pensa-t-il. Il enfila rapidement ses habits et sortit de la petite chambre. Il se souvenait du chemin pour rejoindre la salle principale et s'y dirigea sans hésitation.

Le groupe d'Ildarans était déjà réuni et Paul fut soulagé de retrouver Oria, apparemment en forme. Son regard glissa machinalement vers la main gauche de la jeune femme, mais il n'y avait plus aucune trace de l'horrible blessure. Sa nouvelle main paraissait juste un peu plus pâle que l'autre, mais il fallait vraiment l'observer avec insistance pour s'apercevoir de la différence.

- Ah, Paul. Comment vas-tu ce matin ? s'enquit-elle.

- C'est à toi que l'on doit poser la question, répondit l'adolescent en désignant, du menton, le bras de l'ildarane.

- Le caisson médical a considérablement accéléré le travail de mes Nanocrytes. Sans cela j'aurais mis au moins trois mois pour recouvrer ma main. Sourit la jeune femme.

- La peau de ta main gauche paraît plus claire.

- C'est normal, c'est de la peau neuve, elle va retrouver une teinte plus normale dans quelques jours.

- Et tu ne sens rien ? s'étonna Paul en haussant les sourcils.

- Non, aucune différence, mais ce n'est pas la première fois que je subis une régénération cellulaire, tu sais.

- Oh. Bien sûr à ton âge on a déjà vécu un tas d'expériences rétorqua l'adolescent, sur un ton légèrement sarcastique. Comment vont Stéphanie et Mélanie ?

- Elles sont encore plongées dans une sorte de coma. D'après les analyses médicales, elles ne souffrent d'aucune affection, mais elles dorment. C'est préférable pour l'instant, car il va falloir leur annoncer la mort d'Alex et je crains le pire. Répondit Sarian, l'air embarrassé.

Le rappel du décès de son ami provoqua une onde de tristesse chez Paul, rapidement suivi par l'angoisse de la solitude. Il me manque déjà. Je ne lui ai jamais dit à quel point je tenais à son amitié songea-t-il.

Oria le fixa avec curiosité et avait légèrement relevé les sourcils, marque d'une forme d'étonnement et Paul afficha une mimique interrogative qu'elle balaya d'un petit revers de main signifiant : rien d'important.

- Je crois que c'est à ton tour de passer par le caisson médical pour que les Nanocrytes analysent ces pierres. Je ne suis pas rassuré de les savoir incrustées dans ton épiderme. Fit Sarian, coupant court à toute demande d'explications.

- Je t'avoue que moi non plus je ne suis pas tranquille d'avoir ça autour du crâne. Acquiesça le garçon en relevant légèrement les sourcils.

Ils se rendirent donc tous les trois vers l'infirmerie. Sarian avait pris la tête du groupe et les emmenait dans une autre partie de la base qui ressemblait à un petit d'hôpital. L'ildaran les fit pénétrer dans une petite salle qui contenait deux caissons métalliques séparés d'environ trois mètres. Vu de l'extérieur ils ressemblaient à de banals gros cercueils gris sans aucune commande externe exceptée une plaque luminescente orangée. Sarian lui expliqua que la couleur orange signifiait que le caisson était actif en pleine phase de régénération cellulaire. Tout était automatique, piloté par une IA dédiée qui envoyait des centaines de millions de Nanocrytes organiques à l'intérieur de l'organisme pour pallier les déficiences et accélérer la production de cellules, etc. Paul songea que toute cette technologie n'avait pourtant pas pu sauver Alex…

Oria lui expliqua qu'il suffisait de se déshabiller, de s'allonger à l'intérieur et de ne pas paniquer. L'IA se chargeait de tout. L'adolescent obéit docilement, se dévêtit après avoir demandé aux deux ildarans de se retourner et se glissa dans le caisson. L'intérieur était aussi dépouillé que l'extérieur. Paul s'était attendu à des mécanismes complexes et au lieu de cela il était entré dans un cercueil vide.

- Allonge-toi et détend toi, le caisson va se refermer. N'aie pas peur, tu ne risques absolument rien. Précisa la jeune femme.

- Je ne me sens pas souffrant et si cet émissaire voulait me nuire il lui suffisait de me laisser mourir criblé par les fléchettes de corodrium, répondit Paul, soudain un peu effrayé à l'idée d'être enfermé dans ce caisson hermétique.

- Probable, mais je serais plus rassuré de savoir de quels matériaux sont faites ces pierres. Formula Sarian, qui était resté silencieux jusqu'ici.

- Moi aussi je préfère que tu te soumettes à ces examens, ajouta l'ildarane d'un ton ferme.

- OK, allons-y, je suis aussi curieux que vous en fait. Se résigna le garçon.

- Ne t'inquiète pas. Lorsque le caisson sera refermé, un liquide va le remplir. Tu ne vas pas te noyer, il s'agit d'un liquide de régénération cellulaire composé de Nanocrytes médicales spécialisées qui vont pénétrer dans ton organisme et communiquer en temps réel avec l'IA. Elles ressortiront lorsque les analyses seront terminées. Tu as le droit à un check up complet. Plaisanta Sarian en plaquant sa main sur le caisson qui commença aussitôt à se refermer.

Paul eut un petit pincement à l'estomac lorsque le couvercle se verrouilla avec un petit bruit de succion. Une lumière douce sourdait des parois sans que l'adolescent ne puisse en identifier la source. Un épais liquide commença à emplir la cuve et il se sentit flotter comme en apesanteur. Ce n'était pas gênant ni douloureux, mais cela laissait une impression d'étrangeté. La séance dura environ vingt minutes bien que l'adolescent ait un peu perdu la notion du temps puis le liquide commença à s'évacuer et le couvercle se rouvrit.

- Alors ? Verdict ? Je suis bon pour le service ? plaisanta-t-il nerveusement.

- L'IA n'a rien détecté d'anormal en dehors des pierres. Ton organisme est parfaitement sain, mais, le plus surprenant, c'est que tes Nanocrytes médicales n'aient pas tenté de rejeter les gemmes qui auraient dû être considérées comme des corps étrangers. L'IA indique qu'il s'agit d'une forme métastable de carbone organique sans azote, avec 0,1 % de bore. Une structure sans défaut qui laisse penser que ce sont des diamants artificiels. Leur couleur : bleu gris les rends extrêmement rares, sur cette planète. Commenta Sarian, l'air dubitatif.

- Bizarre, quand même, que l'émissaire ait tant insisté pour me faire porter des diamants ordinaires ? réagit Paul

- Je ne t'ai pas dit que je pensais que ce fut de simples diamants, même très rares. C'est l'analyse de l'IA qui indique qu'ils ont la structure atomique du diamant. Objecta l'homme.

- En tous les cas, je me sens parfaitement bien. Peut-on les enlever ? s'enquit le garçon.

- C'est le plus étrange. L'IA a essayé d'en ôter un, mais les microrayons tracteurs à gravité dirigée ne sont pas parvenus à le saisir. C'est comme si ces pierres n'avaient aucune masse atomique. Elle a ensuite tenté de l'extraire avec une micropince, mais sans succès non plus. L'IA n'a pas souhaité tenter une opération chirurgicale et je partage son avis. Compléta Sarian

- Je suis condamné à garder ces trucs ? s'alarma l'adolescent.

- Pour le moment oui, jusqu'à ce que nous trouvions une solution pour les extraire en toute sécurité. Néanmoins, l'IA n'a pas détecté de danger affirma Oria.

- Donc, j'ai autour du crâne des pierres composées d'une matière identifiée comme du diamant, qui en ont la structure atomique, mais pas la masse. Un truc inconnu en somme. Résuma l'adolescent, légèrement désabusé par les conclusions du système médical ildaran.

Sarian tenta d'expliquer à Paul les conclusions de l'unité médicale qui pensait que ces pierres ne suivaient pas les lois de la gravitation ou que les effets de leur masse atomique étaient déviés ailleurs : une sorte de pont quantique ouvert en permanence. L'unité intelligente semi-organique n'avait pas pu soumettre les gemmes à une étude plus poussée sans les bombarder de rayonnements trop nocifs pour un être vivant et tant qu'elles seraient incrustées dans son crâne, il serait impossible d'en apprendre plus.

- Tu n'as pas faim ? demanda Oria pour changer la conversation.

- Si, en effet. On déjeune quoi chez les ildarans ? répondit-il un peu vite, d'un ton bravache qui masquait mal son inquiétude sur ces artefacts inconnus.

- Allons dans la salle à manger, tu verras. Souris Sarian.

Le trajet inverse vers le lieu d'habitation de la base souterraine se fit dans un silence lourd de sous-entendus. Les trois humains étaient préoccupés par ces étranges pierres.

*

Chapitre 12

Les deux amies de Paul étaient encore consignées dans les chambres qui leur avaient été attribuées, mais l'IA venait d'avertir Sarian qu'elles étaient maintenant réveillées depuis plusieurs minutes. L'ildaran demanda à l'un de ses hommes d'aller leur proposer de venir se joindre à eux pour le petit-déjeuner. Ils avaient eu dix-sept années pour aménager la grotte et les pièces d'habitations étaient composées essentiellement d'éléments d'origines terriennes qui ne devraient pas dépayser les jeunes filles.

Dès qu'elle aperçut Paul, Stéphanie se précipita dans ses bras, trop heureuse de le retrouver sain et sauf.

- J'étais morte de peur lorsque je me suis réveillée seule dans cette chambre inconnue. Fit-elle, d'une voix presque hystérique.

- Tu ne risques rien ici, rassure-toi. Lui certifia laconiquement l'adolescent.

- Où est Alex ? Voulut savoir Mélanie, en les regardant. Je pensais qu'il était avec toi.

Paul détourna les yeux, ne sachant comment lui annoncer la nouvelle. La jeune fille balaya la pièce du regard espérant y trouver son petit ami, mais les regards gênés l'alertèrent.

- Où est-il, que lui est-il arrivé ? gémit-elle comme pour conjurer un mauvais sort.

- Il a été touché par un tir lors de l'embuscade, avoua Paul du bout des lèvres.

- Il est blessé ? À l'hôpital ?

- Il est mort Mélanie, je suis désolé. Bredouilla l'adolescent, dévasté par le chagrin.

- NON ! Ce n'est pas possible ! C'est ta faute. Sanglota-t-elle en se jetant sur lui et en martelant sa poitrine.

Paul se laissa faire et entoura la jeune fille avec ses bras. Les pierres qui entouraient sa tête se mirent à briller et cela stoppa net la jeune fille qui recula vivement.

- C'est quoi, ce truc ? s'exclama-t-elle simultanément avec Stéphanie.

Les regards des deux adolescentes étaient fixés sur lui. Ses diamants perdirent leur luminosité et Stéphanie s'approcha de son amant avec précaution. Elle avança lentement la main jusqu'au front de Paul, mais se retint de toucher la petite pierre qui en ornait le centre.

- Qu'est-ce que c'est, Paul ? murmura la jeune fille d'un ton presque plaintif.

- Je n'en sais fichtre rien, ma puce. D'après les analyses, ce serait des diamants. Répondit le garçon d'un ton calme qui se voulait rassurant. Il leur expliqua comment les pierres s'étaient fixées en posant le bandeau.

Naturellement, les jeunes filles voulurent en savoir plus et Paul dut, de nouveau, raconter son expérience. Sans trop de surprise, Mélanie était imperméable au récit et observait Paul d'un air compatissant, considérant qu'il était sous l'effet d'un choc psychologique. Stéphanie semblait plus réceptive, mais ne disait mot, car elle aussi doutait de cette histoire extraordinaire.

- Où est le corps d'Alex ? demanda brutalement Mélanie, soudainement redevenue calme et déterminée.

La question interrompit le récit de Paul au beau milieu d'une phrase. Le jeune homme observa attentivement l'adolescente et sembla discerner un traumatisme intérieur profond. En fin de compte, je me trompais peut-être, elle semble réellement affectée, pensa-t-il.

Le garçon décrivit les blessures reçues par son ami et les conséquences irréversibles de celles-ci. Au fur et à mesure des explications, la jeune fille palissait. Appréhendant sa réaction, il ajouta que le corps d'Alex avait été incinéré afin d'éviter qu'elle ne demande à le voir. Aucun des ildarans n'était intervenu pendant les explications de l'adolescent, mais Oria l'avait observé avec un regard appuyé. Mélanie balaya des yeux le groupe rassemblé autour d'elle et Sarian craignit un instant une réaction désespérée et violente de la jeune fille. Celle-ci se contint néanmoins avec une maîtrise qui en surprit plus d'un. À l'inverse, Stéphanie était prête à défaillir et Paul dut la soutenir et l'aider à s'asseoir.

Jusqu'ici, elle avait encaissé le choc, mais semblait maintenant subir le contrecoup. Oria s'approcha d'elle sans un mot et elles échangèrent un regard triste. L'ildarane partageait la douleur des deux jeunes filles et surtout celle de Paul qui avait réussi à faire bonne figure face à la compagne de son ami disparu.

- Mélanie. Paul n'y est pour rien. Alex a été tué par les hommes qui nous ont attaqués. Paul nous a tous sauvés. Intervint Sarian.

Stéphanie exténuée physiquement et nerveusement se mit à sangloter. Paul lui posa doucement la main sur l'épaule pour tenter de la calmer, mais la pression avait été trop forte et son intervention n'eut aucun effet.

- Qu'allons-nous devenir ? gémit-elle.

- Avec tous ces évènements, je n'ai pas encore eu beaucoup le temps d'y réfléchir. L'adolescent savait qu'ils devraient pourtant avoir prochainement une conversation sérieuse, car il lui faudrait rapidement choisir son avenir.

Mélanie s'éloigna sans un mot et choisit de s'isoler dans la chambre qui lui avait été attribuée. Malgré l'ambiance un peu sinistre, Oria proposa de prendre le petit-déjeuner et, même si peu d'entre eux pensaient à s'alimenter, il était nécessaire de se changer les idées.

Après de brèves banalités autour de boissons chaudes, Sarian proposa à Stéphanie et Paul de visiter leurs installations. Le garçon accepta avec un peu trop d'empressement pour que sa compagne l'interprète autrement que comme un artifice pour la détourner de ses sombres pensées.

L'homme les pilota dans la base et leur expliqua que celle-ci se trouvait dans une cavité souterraine découverte lors de leur arrivée sur terre, dix-sept ans plus tôt. Au cours des millénaires, le ruissellement avait dégagé un boyau et c'est celui-ci que Sarian et son groupe avaient découvert lorsqu'ils recherchaient un lieu pour dissimuler leurs installations. Il n'avait pas été très difficile, ensuite, d'élargir la voie d'accès pour autoriser le passage du glisseur antigrav, mais le plus compliqué avait été de le faire à l'insu des impériaux. Heureusement, ceux-ci n'activaient pas leurs drones orbitaux en permanence, car la base impériale n'était pas en situation de crise et sa mission s'étalait depuis tellement d'années que la vigilance s'était relâchée.

La base n'était pas très grande, mais regroupait tout ce qui était nécessaire à la survie d'une trentaine d'humains pendant plusieurs décennies. Les ildarans l'avaient aménagé sur plusieurs années et certaines parties semblaient encore récentes, ce que confirma leur guide. Il y avait une trentaine de chambres et la plupart étaient personnalisées, parfois avec excès. L'espace n'était pas compté et, sans le manque de lumière naturelle, Paul pouvait imaginer rester dans cet endroit de nombreux mois. En serait-il de même pour les deux jeunes filles, rien n'était moins sûr.

Ils eurent droit aux anecdotes, parfois cocasses, concernant l'aménagement et les surprises de la géologie hydraulique comme lorsqu'ils étaient tombés sur des sources souterraines. Ces petits détails permirent de détendre un peu l'atmosphère parfois pesante même si Stéphanie semblait rester à l'écart de leurs plaisanteries.

Sarian leur raconta ensuite comment ils avaient imaginé le moyen de faire adopter Paul par des terriens et cette fois Stéphanie sembla plus intéressée.

Ils avaient regagné l'espace de vie commune et l'adolescent eut l'occasion de parler un peu avec Numarion, qu'il avait connu une bonne dizaine d'années plus tôt. Sans surprise, celui-ci n'avait pas pris une ride et Paul était ravi de le retrouver, malgré les circonstances, car il se souvenait de leurs longues discussions et de ses connaissances en arts martiaux. Sa présence lui rappelait son enfance quand l'ildaran lui avait enseigné les échecs et cela lui donnait un ancrage affectif, au sein de l'équipe. Une bouffée d'émotion le submergea et il eut beaucoup de mal à reprendre le contrôle de son esprit qui s'était remis à vagabonder dans le passé, mais Oria vint aussitôt le réconforter, ayant perçu l'intensité de sa détresse mentale. Il prit alors conscience qu'elle n'avait cessé de l'observer depuis qu'il portait ces étranges pierres autour de la tête et cela le troubla profondément. A-t-elle découvert quelque chose sur ces pierres ? songea-t-il.

La suite des présentations distrait heureusement l'adolescent et lui évita de s'apitoyer sur son sort. Ils firent ainsi la connaissance du reste de la petite équipe qui comprenait encore cinq personnes.

Tout le monde s'accorda ensuite un petit break autour de quelques jus de fruits d'origine terrienne, mais malgré ce court moment de répit, ni Sarian ni Paul n'oubliaient que leurs ennemis étaient toujours à leur recherche et il restait à gérer Mélanie, qui n'était toujours pas ressortie de sa chambre.

*

Le Randor émergea aux limites d'un système à étoile jaune et L'IA de bord leur annonça que celui-ci n'était pas répertorié par l'Empire.

- LA TRANSITION EN URGENCE A PROFONDEMENT MODIFIE LES COORDONNEES INITIALES DU SAUT. NOUS AVONS EFFECTUE UN DEPLACEMENT DE MILLE QUATRE CENT CINQUANTE-DEUX ANNEES-LUMIERE EN DIRECTION DU CENTRE

GALACTIQUE PAR RAPPORT AU BRAS D'ORION. NOUS SOMMES DANS UNE ZONE NON REPERTORIEE PAR L'EMPIRE.

- C'est impossible ! s'exclama Rliostem, comment a-t-on pu transiter sur une distance aussi importante avec notre niveau d'énergie initial ?

- JE N'AI AUCUNE REPONSE SCIENTIFIQUE A CE PHENOMENE, MAIS NOUS AVONS EMERGE DANS UN SYSTEME COMPORTANT UNE PLANETE HUMANO-COMPATIBLE. JE CAPTE LE MESSAGE TYPE DES AL-HEOXYRIANS. ATTENTE D'INSTRUCTIONS

- Sommes-nous assez proches pour identifier la planète habitable ? s'enquit Klosteran.

- D'APRES MES SENSEURS, IL S'AGIT DE LA QUATRIEME PLANETE DU SYSTEME. DISTANCE DE L'ETOILE : CENT QUATRE-VINGTS MILLIONS DE KILOMETRES, GRAVITE 0,97% D'ILDARAN PRIME, TAILLE ONZE MILLE HUIT CENT CINQUANTE-NEUF KILOMETRES DE DIAMETRE A L'EQUATEUR, 32% DE TERRES EMERGEES. UN ANNEAU DE GLACE PURE A 83%, DE DIX KILOMETRES DE LARGEUR SUR CINQ A HUIT METRES D'EPAISSEUR, CEINTURE LA PLANETE »

- Nous sommes encore trop éloignés pour détecter si elle habitée ?

- EN EFFET, MAIS LES RADIATIONS LUMINEUSES QUI NOUS PARVIENNENT INDIQUENT LA PRESENCE D'UNE ATMOSPHERE SUFFISANTE POUR ABRITER LA VIE.

- Des activités industrielles ? s'enquit Klosteran.

- AUCUNE EMISSION ARTIFICIELLE NI SOURCE D'ENERGIE, MAIS NOUS SOMMES PRESQUE A L'OPPOSE DE L'ORBITE DE LA PLANETE DANS LE SYSTEME, A TROIS CENT SOIXANTE-DIX MINUTES-LUMIERES. INSTRUCTIONS ?

- Dirige le Randor vers la seconde planète, maintenant que nous sommes ici, autant faire une reconnaissance. Après tout, ce pourrait être un lieu de refuge intéressant s'il n'est pas répertorié par l'Empire. Ordonna Rliostem.

En vitesse de croisière, il faudrait au vaisseau près de vingt-cinq heures pour parcourir les 6,7 milliards de kilomètres qui le séparaient de la seconde planète.

- IA, quelles sont les données astronomiques de ce système ? questionna Rliostem

- CE SYSTEME SOLAIRE COMPORTE NEUF PLANETES. LA PLUS LOINTAINE EST A HUIT-VIRGULE QUARANTE-CINQ MILLIARDS DE KILOMETRES DE SON ETOILE. CELLE-CI SEMBLE AVOIR TROIS-VIRGULE QUATRE-VINGT-QUINZE MILLIARDS D'ANNEES, 4,0214% PLUS CHAUDE QUE LE SOLEIL D'ILDARAN, MAIS LA PLANETE HABITABLE EST 3,5879% PLUS LOIN.

- Des traces de vie sur les autres planètes ?

- AUCUNE MANIFESTATION ARTIFICIELLE, MAIS NOUS SOMMES ENCORE TROP ELOIGNES POUR DETECTER SI LA PLANETE EST A UN STADE PREINDUSTRIEL. FAISCEAU DE DETECTION ! NOUS SOMMES ECLAIRES PAR UN SYSTEME DE TIR, SALVE DE DEUX TORPILLES EN ACCELERATION A DEUX MILLE GRAVITES, DISTANCE DIX-HUIT MILLIONS DE KILOMETRES. CONTRES MESURES LARGUEES, CHAMP FURTIF ACTIVE.

- IA, origine des torpilles ? Klosteran ne comprenait pas comment une civilisation ne produisant aucune émission radio pouvait avoir développé des systèmes d'armes dans l'espace.

- PLATEFORME LANCEUR MOBILE, PROBABILITE 99,99%. JE CAPTE SES FAISCEAUX DE DETECTION ACTIFS, ELLE ETAIT EN MODE PASSIF C'EST POUR CELA QUE JE NE L'AI PAS REPEREE AVANT LE LANCEMENT DES TORPILLES.

- C'est du matériel ildaran ? questionna Rliostem.

- Positif, mais les signatures de torpilles ne correspondent pas a des modeles militaires en vigueur

- C'est probablement une base de contrebandiers. L'une des planètes ou leurs satellites doivent être riches en matières premières, suggéra Klosteran.

- Les torpilles sont en recherche d'acquisition, elles ont perdu notre trace.

- Distance ? interrogea Rliostem.

- Six virgule soixante-quinze millions de kilometres, hors de portee des faisceaux de disrupteurs. Dois-je lancer des missiles d'interception ?

- Non, économisons nos capacités défensives, rapproche-toi et détruis-les au disrupteur. Faisceaux faibles, je veux éviter d'avoir à activer des filets de captage le plus longtemps possible, d'autant que d'après les senseurs, ce secteur à l'air pauvre en matière noire. Ordonna l'ildaran qui avait consulté les données sur ses neurorécepteurs.

L'aviso, dissimulé derrière son champ furtif, vira pour se rapprocher des torpilles et dès qu'il fut à distance de tir les aligna tranquillement et les réduisit en nuage d'hydrogène.

- Un appareil vient de decoller de la septieme planete. La signature gravitique correspond a un vieux croiseur reconditionne de classe Renard. Ce type d'appareil n'est plus utilise par les forces spatiales de l'Empire depuis deux mille huit cents ans. Vitesse du croiseur zero-virgule quinze c. Attente instructions.

- Cap sur la quatrième planète en mode furtif à soixante pour cent de notre capacité gravitique. Détecteurs passifs uniquement, on va aller voir ce qui se trame sur cette planète. Suis les mouvements du petit croiseur, mais aucune action hostile pour le moment. Ordonna Rliostem.

L'ildaran préférait réduire la vitesse du Randor à 0,3 C afin d'économiser l'énergie et ne pas avoir à activer ses filets de captage qui pourraient le faire repérer par le croiseur. Le revers de cette stratégie, c'est qu'il faudrait maintenant un peu plus de cinquante heures pour atteindre la seconde planète. Les deux hommes décidèrent donc d'aller se reposer en laissant à l'IA de bord la charge de la navigation et de la surveillance.

*

Chapitre 13

En orbite géosynchrone, à 35 790 kilomètres de la surface terrestre, Corvin réfléchissait intensément à la manière de capturer l'héritier Verakin et ses hommes. Le Squir était persuadé, mais comment en aurait-il été autrement, que les fugitifs disposaient d'une technologie de camouflage inconnue et sa seule option était de reprendre la traque à partir des dernières données disponibles. Il connaissait maintenant l'emplacement de la base terrestre de ses ennemis et pensait que les fugitifs chercheraient à s'y réfugier.

Le capitaine psykan demanda donc à l'IA du Squir Prime de sonder en détail la zone à la recherche de failles dans les dispositifs de défense de la station rebelle. L'IA repéra de nombreuses petites anfractuosités malheureusement aucune ne dégageait la moindre trace d'énergie.

- Aucune nouvelle de notre contact ? demanda sèchement le chef des Squirs.

- NON, MAIS LES REBELLES ONT DEPLOYE UN CHAMP DE NEUTRALISATION AUTOUR DE LEUR BASE ET AUCUNE TRANSMISSION NE PEUT PASSER.

- Lance tous les drones disponibles, qu'ils quadrillent toute cette zone, qu'ils cherchent la moindre cavité, remontent tous les boyaux souterrains. Ils sont dans une grotte naturelle et il y aura bien des interstices par lesquelles pourront se faufiler les drones pour contourner le champ de neutralisation.

- L'ESTIMATION POUR UN CONTROLE TOTAL DE LA ZONE EST D'ENVIRON SIX JOURS TERRESTRES, LES CENT VINGT DRONES DE CHASSE SONT ACTIVES. CAPITAINE

Ils allaient devoir passer six jours à bord du Squirs Prime ! Corvin fulminait, mais il savait qu'aucun échec ne serait toléré par l'Empereur. Cette mission commençait à se compliquer sérieusement, songea-t-il, passablement exaspéré.

- Je vais me reposer, réveille-moi si tu découvres quelque chose

N'ayant rien d'autre à faire qu'à attendre, le capitaine de squirs s'enferma dans sa cabine et s'endormit immédiatement malgré l'excitation de la traque.

*

Trente-six heures plus tard, l'IA du Randor avait collecté de nombreuses données sur la quatrième planète, ses deux satellites et son anneau. L'atmosphère était composée de 77,892% de diazote, 21,043% de dioxygène, 0,896% d'argon, plus des traces de particules de dioxyde de carbone, de néon, de méthane, d'hélium et de vapeur d'eau. L'atmosphère était légèrement plus riche de 0,097% en dioxygène que la Terre sur laquelle ils avaient passé leurs dix-sept dernières années, mais ce serait imperceptible pour leurs organismes. L'anneau était magnifique et les deux hommes imaginaient déjà le spectacle grandiose depuis sol. Il était majoritairement constitué de glace, mais avec une proportion surprenante et homogène de carbone organique, qui donnait des reflets légèrement bleutés à cette couronne planétaire.

Comme ils l'avaient imaginé, la septième planète du système était en activité. Des contrebandiers exploitaient une mine de corodrium et ils étaient à la limite de violer la Charte des Al-Heoxyrians, mais, tant que les natifs de la quatrième planète ne disposeraient pas de vaisseaux capables d'atteindre l'espace, ils ne s'apercevraient jamais que l'on pillait les ressources de leur système solaire.

Le Randor se mit en orbite afin de survoler la planète humano-compatible avec ses sondeurs passifs et ne pas être détecté par un éventuel drone de surveillance. Apparemment, le niveau d'évolution de la civilisation locale pouvait être comparé au moyen âge terrien et l'essentiel de la population résidait sur le continent principal qui s'étirait sur les deux tiers du globe, du nord au sud. De nombreuses îles étaient habitées par de petites communautés, mais le groupe le plus avancé sociologiquement se trouvait en bordure nord-ouest de l'océan, longeant le continent principal.

- AUCUN DRONE DE SURVEILLANCE EN ORBITE. LES CONTREBANDIERS SURVEILLENT UNIQUEMENT L'ESPACE.

- Compte tenu du degré d'évolution des autochtones, ils n'ont rien à craindre avant au moins mille ans, sourit Rliostem.

- J'ENREGISTRE DES PERTURBATIONS PARASITES QUI NEUTRALISENT CERTAINS DE MES SENSEURS.

- Origine ? fit Klosteran soudain en alerte.

- INCONNUE. PROBABILITE DE 76,647% VENANT DE L'ANNEAU PLANETAIRE.

- Qu'est-ce qui pourrait perturber tes détecteurs dans un anneau de glace ? s'étonna Rliostem.

- J'AI ENVOYE UN DRONE EXPLORER L'ANNEAU, MAIS AUCUNE DONNEE FIABLE NE ME PARVIENT. LE DRONE N'A PAS REUSSI A PRELEVER LE MOINDRE ECHANTILLON DE MATIERE ET LE BALAYAGE ATOMIQUE NE DONNE RIEN. CET ANNEAU SEMBLE CONSTITUE DE MATIERE NON BARYONIQUE.

- C'est impossible ! s'exclama Klosteran. De quelles autres données disposes-tu ?

- UNIQUEMENT DES INFORMATIONS ASTRONOMIQUES. LA DUREE DU JOUR EST DE 25,85 H ILDARANE, LA PLANETE TOURNE A 32,97 KM/S AUTOUR DE SON ETOILE SITUEE A CENT QUATRE-VINGTS MILLIONS DE KILOMETRES SOIT UNE ROTATION AUTOUR DU SOLEIL EN TROIS CENT QUARANTE-DEUX JOURS LOCAUX.

- Le drone ne détecte aucune radiation ? Aucun danger apparent ? interrogea Rliostem.

- NON, UNIQUEMENT UNE SINGULARITE MOLECULAIRE ETRANGE.

Comme il ne semblait pas y avoir de danger immédiat, malgré l'anomalie atomique de l'anneau, Klosteran ordonna à l'IA de poser le Randor au fond de l'océan, au large de la côte ouest. L'IA était néanmoins en alerte et le champ Horlzson déployé au maximum de sa puissance. Le petit vaisseau entama sa descente dans l'atmosphère de la planète, sous une tension maximum chez les deux hommes.

À l'approche de la surface de l'océan, le vaisseau décéléra brutalement et s'enfonça lentement dans les eaux noires. La profondeur n'était pas très importante à si faible distance de la côte et l'appareil se posa sur le fond, à moins de cent mètres de la surface.

- Nous allons débarquer. Commencent à recharger les condensateurs Verakin à faible intensité, le captage ne devrait pas être observé par les contrebandiers puisqu'ils n'ont pas déployé de senseurs orbitaux. Ordonna Klosteran à l'IA.

- Il va falloir trouver des vêtements si on souhaite se fondre dans la population, fit remarquer Rliostem

- Cela ne devrait pas poser de soucis, nous basculerons nos champs en mode furtif, suggéra Klosteran

- IA, reste en état de défense, car notre intrusion dans ce système a été remarquée et les contrebandiers pourraient bien décider de nous rechercher sur cette planète. Ajouta Rliostem aux instructions de l'IA.

- SENSEURS PASSIFS OPERATIONNELS : JE NE DETECTE AUCUN MOUVEMENT DANS LE SYSTEME A PART LE VAISSEAU IDENTIFIE A L'EMERGENCE. Répondit l'intelligence artificielle.

- Souhaitons que cela ne change pas. Je n'ai pas envie de voir débarquer la guilde. Lâcha l'ildaran pour lui-même.

- Et surveille cet anneau planétaire, je n'aime pas trop avoir un truc bizarre au-dessus ma tête. Rajouta Klosteran.

Le Randor reposait au fond de l'océan à l'ouest du continent principal, protégé de la pression par son champ *Horlzson*. Il faisait encore nuit et les deux hommes préférèrent attendre le lever du soleil pour prendre pied sur la terre ferme, mais ils n'auraient pas longtemps à patienter, car les drones envoyés en surface observaient déjà les premiers rayons de l'astre jaune. Quelques images d'une grande beauté leur parvinrent au fond de l'océan. Le lever de soleil, sur l'eau, auréolé des reflets de l'anneau planétaire donnait au paysage une allure féérique surnaturelle. Les deux hommes ne restèrent pas béats plus longtemps et pénétrèrent dans l'eau glaciale par une ouverture dans le champ de force. Totalement protégés par leurs boucliers Horlzson individuels, ils ne ressentaient absolument pas la froideur de l'océan et remontèrent tranquillement à la surface à l'aide de petits propulseurs autonomes qui les tractèrent vers la côte distante d'environ cinq kilomètres.

L'IA envoya deux drones repérer le chemin vers la principale ville du continent située au nord de leur position, car il était vital d'obtenir des enregistrements audio pour décoder le langage parlé dans cette région. Avec les données collectées par les drones, l'IA pourrait charger les éléments de la langue dans les Nanocrytes de communication des deux hommes, mais malheureusement le lever du jour n'était pas propice à beaucoup de conversations et la collecte de vocabulaire fut pauvre.

Ils sortirent de l'eau le long d'une plage de sable brun, non loin d'une habitation isolée où les deux hommes espéraient pouvoir y trouver des vêtements.

La chance était avec eux, car il semblait que le lieu soit habité, mais que les propriétaires soient partis très tôt. Rliostem et Klosteran n'eurent aucun mal à trouver des vêtements masculins même si l'homme était un peu plus grand qu'eux de quelques centimètres. L'IA avait d'ailleurs observé que les autochtones possédaient une taille moyenne légèrement plus élevée que les ildarans, due probablement à la plus faible gravité de la planète. Les deux hommes espéraient que cette petite différence ne serait pas discernable pour qu'ils soient catalogués comme étrangers. La morphologie générale des indigènes restait proche des ildarans ou des terriens et il devrait leur être facile de se faire passer pour des habitants d'îles lointaines. Il était peu probable que les locaux aient beaucoup voyagé sur leur planète au regard des techniques de navigation repérées et le risque d'être rejeté paraissait donc minime.

Un chemin en pente douce remontait vers les terres et ils arrivèrent rapidement à ce qui ressemblait à une voie de circulation. Ils prirent la direction du nord, vers la ville cartographiée par le Randor, lors du survol orbital. Un drone de surveillance restait positionné à cent cinquante mètres d'altitude, mais sa petite taille le rendait invisible depuis le sol, il ne risquait pas d'attirer l'attention sur eux. Ses senseurs étaient en mode passif, rendant presque impossible une détection depuis l'espace et les contrebandiers de la septième planète ne devraient donc pas pouvoir le repérer. L'IA du Randor était néanmoins en alerte, prête à intervenir pour prêter main-forte à Rliostem et Klosteran en cas d'urgence.

Les deux hommes avaient amené chacun un poignard en Arkrit et un pulseur à aiguilles. Il leur fallait maintenant être capables de pratiquer rapidement la langue locale pour s'intégrer sans provoquer d'incidents. Leurs Nanocrytes de communication allaient accélérer la compréhension du langage, mais il faudrait plusieurs minutes avant qu'ils ne soient capables de comprendre une conversation simple et plusieurs heures pour s'exprimer convenablement. Une période délicate pendant laquelle il leur faudrait se faire passer pour des étrangers venus d'un autre continent et arrivés sur un bateau marchand. Les drones n'avaient pas eu suffisamment de temps pour collecter d'autres informations sur la structure sociale et les deux hommes espéraient qu'il n'y avait pas de guerre en cours, car leur statut d'étranger pourrait devenir un handicap.

- UNE TROUPE SE RAPPROCHE DE VOUS PAR L'ARRIERE. DE NOMBREUX HUMAINS ARMES ET DES VEHICULES TRACTES PAR DES ANIMAUX QUADRUPEDES. Annonça l'IA au travers de leurs Nanocrytes de communication.

- Distance ? demanda Klosteran.

- DEUX KILOMETRES, VITESSE DE DEPLACEMENT CINQ KILOMETRES PAR HEURE. Précisa l'unité pensante du Randor.

Les deux hommes se retournèrent et décidèrent de les attendre, car ce pouvait être une excellente occasion d'établir un contact avec les habitants de la région. Au bout de quelques minutes, ils virent apparaître un convoi de chariots tiré par des animaux de couleur fauve. Un homme de tête, monté sur ce qui ressemblait à un croisement entre un Wapiti et un cheval frison orné d'une crinière de lion, les aperçut à son tour. Sa monture était majestueuse et probablement dangereuse, car ses bois, de plus d'un mètre cinquante, étaient prolongés de pointes en métal. L'animal doit être dressé au combat, pensa Rliostem en observant ses mouvements.

L'animal se déplaçait en sautillant majestueusement à la manière des chevaux espagnols et ses fanons longs et noirs voletaient le long de ses membres fauves. Rliostem et Klosteran étaient captivés par l'allure du quadrupède, mais une voix puissante les ramena à la réalité.

- Écartez-vous, gueux. Laissez passer la caravane du prince marchand Sertime.

Les deux ildarans n'avaient pas compris la phrase prononcée par l'homme de tête, mais la teneur du message fut parfaitement décryptée. Malgré leur longue expérience de la faune de plusieurs mondes humains, ils étaient fascinés par la gracieuse monture.

Les chariots étaient tirés par le même type d'animaux, mais plus massif et avec des bois plus courts, non renforcés de métal. Le convoi était protégé par une cinquantaine d'hommes en armes plutôt bien vêtus : des gardes, assurément. Un chariot, au centre, se distinguait clairement des autres. Il devait être le moyen de locomotion du chef du groupe, car sa conception semblait plus adaptée au transport de personnes qu'à celui de marchandises.

Rliostem fit mine de ne rien comprendre tout en activant son champ *Horlzson* et de toute façon il était encore incapable de parler la langue de l'homme de tête. L'absence de réponse n'eut pas l'air de plaire au garde qui semblait habitué à être obéi rapidement, car il lança sa monture avec l'intention manifeste de renverser les deux étrangers. Il fut surpris, car Rliostem esquiva aisément l'animal et l'agrippa au passage, le faisant chuter durement dans la poussière. Klosteran lui subtilisa, au passage, son épée courbe et éclata de rire. La monture s'était arrêtée lorsque son cavalier avait été désarçonné et revenait calmement vers son maître. Il s'agissait donc bien donc d'un destrier de combat dressé. Il n'en fallait pas plus pour provoquer les autres hommes d'armes qui s'avancèrent avec le désir évident de neutraliser les deux ildarans. Pour Rliostem et Klosteran, combattre plusieurs adversaires, en terrain découvert, avec leur vitesse de déplacement était un jeu d'enfant, mais ils ne voulaient pas les blesser inutilement de crainte de compromettre leur première prise de contact. Ils entreprirent donc de les assommer les uns après les autres, et au bout de trois minutes, il y avait déjà douze hommes à terre lorsqu'une voix impérieuse, visiblement habituée à être obéie, cria depuis le chariot central.

- Assez ! Milpars, rappelez vos hommes.

- Votre Seigneurie, ils vous ont offensé, répondit l'homme de tête qui avait encore des difficultés à reprendre ses esprits après sa chute brutale.

- Ils vous ont surtout humilié à ce que je peux en voir. Vos hommes sont-ils gravement blessés ? demanda l'homme sorti du chariot central.

- Non, Votre Seigneurie, ils sont simplement assommés, répondit, un peu penaud, celui qui semblait être le chef des gardes.

- Vous êtes en train de me dire que deux gueux désarmés ont assommé huit gardes entraînés ? s'étonna le chef de la troupe.

- Oui Votre Seigneurie. Répondit, un peu dépité, le dénommé Milpars.

Rliostem et Klosteran observaient la scène d'un air amusé, ce qui eut pour effet de mettre Milpars encore plus en colère, mais il ne pouvait à l'évidence pas transgresser les ordres de son maître et dut se résoudre à rappeler ses hommes qui aidèrent les plus malmenés à se relever.

- Que ces manants s'approchent. Ordonna le prince marchand

- Bien Monseigneur. Fit Milpars en s'inclinant.

L'homme accompagna lui-même Rliostem et Klosteran auprès du prince, la main sur la garde de son épée, mais cela n'intimidait nullement les ildarans totalement à l'abri de leur champ *Horlzson,* pourtant réglé au minimum afin de limiter, au maximum, l'effet de halo irisant.

Le prince marchand était d'une grande taille par rapport aux deux hommes : il devait mesurer près de deux mètres. Il était sorti de son véhicule, qui, Klosteran et Rliostem le constataient maintenant, s'apparentait plus à un carrosse qu'à un chariot. Depuis la porte sur le côté gauche ils pouvaient apercevoir un salon tout confort. L'homme était habillé richement, mais de manière non ostentatoire et portait un sabre sur le côté gauche qui semblait plutôt être une arme d'apparat au vu des nombreux joyaux qui incrustaient le pommeau. Un couvre-chef à plumes complétait le tableau, mais, dans le contexte, cela n'avait rien de ridicule.

- Je me nomme Sertime, prince marchand de la guilde. Qui êtes-vous pour mettre à mal les meilleurs de mes gardes à mains nues ? demanda-t-il d'une voix ferme et posée.

L'intonation était voilée d'une légère menace laissant penser qu'il était préférable de répondre, malgré la formulation courtoise. Les deux ildarans avaient maintenant suffisamment intégré le vocabulaire local pour comprendre le sens de la question, mais ils ne pouvaient pas encore s'exprimer dans la langue de cet important personnage. Klosteran répondit machinalement dans celle de l'Empire d'Ildaran.

- Nous sommes des voyageurs venus d'un autre continent.

Leur réponse fit l'effet d'une bombe, car tous les hommes, à portée de voix, se figèrent instantanément. Rliostem et Klosteran ne savaient pas comment interpréter cette réaction et furent immédiatement sur leur garde. À leur grand étonnement, le prince leur répondit dans la même langue, bien qu'avec un fort accent.

- Comment se fait-il que vous parliez la langue des Initiés couramment ? Vous n'êtes pas prêtre pour combattre comme vous l'avez fait. Demanda Sertime devenu soupçonneux.

Le premier moment de stupeur, passé, Rliostem répondit lentement dans sa langue natale.

- Je pourrais vous poser la même question, Seigneur. Rliostem avait utilisé le terme Seigneur qui, en ildaran, signifiait à la fois dirigeant d'une maison importante et noble, ne sachant pas précisément comment situer le prince marchand dans la hiérarchie de cette société médiévale.

- Répondez à ma question ! ordonna l'homme qui ne semblait pas connaître les subtilités du langage impérial.

Milpars ne comprenait pas cette langue, mais le ton de son maître laissait à penser que celui-ci était contrarié.

- Obéissez au Prince Sertime, rustre. Cria-t-il en portant la main à son épée.

- Il suffit Milpars. Ils ne te comprennent peut-être pas. Rétorqua le prince courroucé par l'attitude du chef de sa garde.

- Nous vous comprenons un peu, répondit Rliostem en ildaran, mais nous n'avons pas encore assez de pratique pour parler votre langue. Précisa-t-il.

- Dans ce cas, répondez-moi dans la langue des Initiés. Où avez-vous appris à parler ce langage ? Redemanda Sertime plus calmement, mais toujours avec fermeté.

- C'est notre langue maternelle. Nous la parlons depuis notre naissance. Affirma Klosteran d'un ton posé.

- Vous voulez dire que, là d'où vous venez, tout le monde parle la langue des Initiés ? s'étonna le prince marchand.

- Pour nous, il s'agit de notre langue. Nous ne connaissons pas d'initiés. Répondit l'ildaran, peut-être un peu trop hâtivement.

- C'est impossible ! Les Initiés sont partout. S'emporta Sertime.

Ne comprenant pas les paroles prononcées par son maître, Milpars se fourvoya et chargea Rliostem, mais ce dernier l'esquiva prestement et lui subtilisa son sabre au passage sans effort apparent.

- Monseigneur. Dites à vos hommes de cesser de nous agresser, nous allons nous lasser de ce jeu. Fit l'ildaran visiblement contrarié.

- Milpars, je croyais avoir été clair ! Rompez et retournez à l'arrière, vous êtes relevé. Éructa Sertime, devenu violet sous la colère.

- À vos ordres, mon prince. S'inclina l'homme en tournant les talons, l'air menaçant.

Les deux ildarans devraient se méfier de lui, car le garde avait été humilié et il chercherait probablement à se venger, dès que son maître cesserait de les protéger.

Comme ni Rliostem ni Klosteran ne semblaient agressifs, et que Rliostem, en possession du sabre de Milpars, aurait eu tout le loisir de le tuer, le prince marchand se calma et leur proposa de se joindre à lui dans son véhicule.

- Je me rends à Port Gâal, capitale du royaume, souhaitez-vous m'accompagner ? Comme cela, vous pourrez m'expliquer l'histoire de votre peuple, l'homme jeta un air légèrement dédaigneux sur les habits des deux hommes, mais la curiosité était la plus forte et il ne souhaitait pas que d'autres oreilles entendent les paroles de ces deux inconnus.

- Nous acceptons avec plaisir cette proposition et vous en serons redevables. Nous nous rendions également à Port Gâal. Répondit Klosteran, qui était ravi d'avoir appris le nom de la ville côtière.

C'est ainsi que les deux ildarans prirent contact avec la civilisation dominante de la planète Polona, ainsi dénommée par ses habitants.

*

Chapitre 14

Sur Terre, à l'extérieur de la base de Dordogne, la nuit allait tomber et Paul commençait à se lasser des entraînements incessants, prodigués par Darin, même si ceux-ci avaient le mérite de lui faire oublier temporairement la mort d'Alex. La fin de la journée fut la bienvenue, car l'adolescent allait enfin pouvoir retrouver Stéphanie, mise à l'écart pendant sa formation.

- J'ai un cadeau pour toi Paul, intervint Sarian juste avant que l'adolescent ne quitte la salle.

- Ah oui ? Tu excites ma curiosité. Fit ce dernier, un peu éreinté malgré ses Nanocrytes. Il avait, en effet, affaire à un adversaire infatigable amélioré avec des Nanocrytes de combat.

Le chef des gardes de son père ouvrit un coffret et en ressortit un objet emballé qui ressemblait à un sabre. Paul prit l'objet et déroula le tissu de protection pour découvrir un superbe katana.

- L'IA du Randor, qui dispose d'une minifab l'a réalisé suivant mes instructions. C'est une réplique d'un katana japonais Shinshinto du 19ᵉ siècle, fabriqué en Arkrit. Il y a un générateur dans le manche. En cas de combat contre un adversaire protégé par un champ Horlzson, l'allonge de ce sabre te donnera un avantage. Tu sais t'en servir, je crois ? fit l'ildaran visiblement satisfait de la mine admirative de Paul.

- En effet. C'est Numarion qui m'a transmis l'envie d'apprendre, il y a quoi ? Neuf ans non ? En tout les cas, c'est une très belle lame. Merci, Sarian. Paul sortit l'arme de son saya et exécuta quelques mouvements.

Il observa le tsuba gravé et Sarian lui précisa qu'il s'agissait des armes de la famille Verakin : un vérin aux ailes déployées. Le vérin était une sorte de faucon géant à tête bleue, vivant sur Ildaran Prime. Une fresque, représentant un vol de vérins, était également peinte sur le saya et lui donnait une allure de sabre d'apparat.

- Garde-le avec toi le plus souvent possible. Cette arme peut te sauver la vie si tu es attaqué par un adversaire amélioré aux Nanocrytes de combat. L'allonge de cette lame compensera peut-être sa rapidité. Insista l'homme.

Paul ne put résister à la tentation de pratiquer quelques exercices d'échauffement avec le katana. C'était une véritable œuvre d'art et Paul se demandait comment une machine avait pu produire un sabre de cette qualité, à l'équilibre aussi parfait. La résistance de l'Arkrit, en plus de sa capacité de pénétrer les champs *Horlzson,* ne cédait en rien à celle du corodrium et même sans vibrer cela faisait de ce katana une arme redoutable, entre des mains expertes. Paul appréciait le cadeau et il admira encore la perfection du hassaki, le tranchant, avant de glisser le katana dans son fourreau. Celui-ci n'était pas en matériaux traditionnels, mais dans un alliage composite, très léger et très résistant. Sarian lui avait assuré qu'il pourrait arrêter une lame en acier trempé, mais pas en corodrium.

Mais il se faisait tard et l'adolescent savait que Stéphanie l'attendait depuis plusieurs heures et il avait hâte, également, de la retrouver, car elle apportait un peu de stabilité émotionnelle à leur incroyable situation. Il avait besoin de se raccrocher à des éléments de son passé et souffrait de ne plus avoir le soutien d'Alex à ses côtés.

Oria avait parfaitement compris que les adolescents avaient besoin d'un peu d'intimité et avait demandé à Sarian de les laisser un peu seuls, le soir venu. Les jeunes gens étaient donc laissés entre eux et l'IA de la base avait reçu comme instruction d'obéir à Paul dans la limite des règles de sécurité. Mélanie semblait toujours absente et Paul n'avait pas réussi à avoir une conversation sérieuse avec elle. Elle n'avait pourtant jamais reparlé d'Alex, mais les ildarans s'inquiétaient pour son état mental, car elle était restée isolée, toute la journée dans sa chambre, refusant même de parler à Stéphanie. Le soir venu, elle déclina de nouveau leur compagnie pour le dîner et se fit servir dans sa chambre par un androïde, malgré l'insistance des deux jeunes gens.

L'IA avait concocté des menus à partir des aliments stockés dans les réserves de la grotte, car Sarian avait anticipé, depuis longtemps, l'éventualité d'avoir à soutenir un siège et leurs réserves permettrait de tenir plusieurs mois sans avoir à se ravitailler. Ils étaient à l'abri, mais prisonniers dans leur propre base. Les condensateurs étaient chargés et le bouclier *Horlzson* pouvait tenir six mois, mais il faudrait néanmoins économiser les ressources énergétiques, car la matière noire était moins présente là où la matière normale était abondante et il était plus difficile de recharger au sol que dans l'espace.

En surface, tous les drones du Squirs Prime balayaient la zone à la recherche de la moindre faiblesse dans la sécurité de la base, mais jusqu'ici sans succès.

*

Le troisième jour, Oria voulut, de nouveau, tester les facultés de Paul et ils s'isolèrent tous les deux dans une salle à l'écart.

- Bien Paul. Comme nous n'avons pas retravaillé depuis l'embuscade des squirs, nous allons reprendre là où nous en étions restés la dernière fois. Tu vas faire le vide dans ton esprit et je vais tenter de communiquer mentalement avec toi. Tu vas essayer de m'écouter, d'accord ? proposa la jeune Ildarane.

- OK on commence quand tu veux.

- [Paul ?] appela-t-elle mentalement.

- [Je t'entends Oria] répondit aussitôt le garçon.

La rapidité et l'intensité de la réponse surprirent la jeune femme qui le fixa avec stupéfaction.

- Tes diamants ! Ils brillent de nouveau ! s'exclama-t-elle à voix haute.

- [Comment cela, ils brillent ?] s'étonna l'adolescent sans ouvrir la bouche, sans même sans rendre compte.

155

- [C'est incroyable. Il y a quelques jours, tu ne percevais rien du tout et maintenant je ressens une intense puissance mentale, parfaitement contrôlée. Au moins, nous connaissons désormais l'un des usages de ces pierres : elles accroissent ton potentiel psykan.] S'extasia Oria.

- [J'ai au moins gagné quelque chose. Les pierres brillent toujours ?] l'adolescent restait inquiet par la présence de ces gemmes autour de sa tête.

- [Non, cela semble terminé. Nous allons continuer les exercices. Je vais dans le réfectoire ensuite je t'appellerai et nous converserons à distance. D'accord ?]

- [OK je reste focalisé sur toi].

La jeune femme sortit de la pièce et se dirigea vers la salle commune, distante d'une quinzaine de mètres. Paul eut l'impression que son esprit se dissociait : il était à la fois dans la salle et visualisait le déplacement d'Oria. Celle-ci arrivait à destination.

- [Concentre-toi sur moi. Paul, tu m'entends ?] demanda-t-elle.

- [Parfaitement Oria. Que veux-tu que je fasse ? Je t'entends et je te vois.]

- [Comment cela, tu me vois !] S'exclama, en pensée, l'ildarane.

- [C'est comme si une partie de moi était avec toi dans la salle.] Décrivit le garçon.

- [Mais c'est impossible : les glandes psykanes ne permettent pas de faire cela.] S'alarma la jeune femme.

- [Alors mes diamants ont d'autres fonctions.] Répondit Paul d'un ton fataliste.

- [Oui probablement, essaye d'en trouver d'autres. Concentre-toi sur moi et décris-moi ce que je suis en train de faire.]

Paul se concentra tellement sur elle qu'il se retrouva soudain à ses côtés dans le réfectoire. Ses diamants brillaient tellement que sa tête était masquée par un halo lumineux et le voir émerger ainsi du néant fit sursauter la jeune psykane qui laissa échapper un cri de stupeur.

- Bon sang, tu peux transiter par la force de la pensée ! Je n'aurais jamais cru ça possible. D'où peut venir l'énergie pour ouvrir un trou de vers ? dit-elle après être revenue de sa surprise. IA, as-tu détecté une anomalie gravitationnelle dans la base ? s'enquit-elle aussitôt auprès de l'intelligence artificielle.

- NON ORIA, AUCUNE TRANSITION QUANTIQUE DANS UN RAYON DE VINGT MINUTES-LUMIERE.

- Cela signifie que tu ne te déplaces pas par saut quantique ou alors tu utilises une autre fréquence, comme le suppose Xionnes. Il faut avertir Sarian, conclut-elle.

Celui-ci les rejoignit immédiatement accompagné de Xionnes, mais aucun d'eux ne savait que penser. Xionnes tenta bien de fournir une explication scientifique en avançant la théorie que les pierres devaient puiser l'énergie nécessaire au saut, dans un autre plan dimensionnel et que leur composition atomique non baryonique devait leur permettre de maintenir un lien permanent avec une source d'énergie de l'autre côté. N'ayant avec eux aucun scientifique de haut niveau, il était difficile d'étayer les suppositions de Xionnes, mais les propos de l'émissaire des Al-Heoxyrians faisant référence à une brane pouvaient corroborer cette hypothèse.

L'aspect positif était qu'il serait beaucoup plus difficile aux impériaux de neutraliser l'adolescent, mais ses pouvoirs avaient quelque chose d'un peu effrayant et ses nouveaux talents perturbaient Stéphanie qui le regardait avec des sentiments mêlés d'amour et d'effroi. La jeune fille craignait qu'il ne fût devenu une sorte de mutant extraterrestre.

Mélanie de son côté avait enfin accepté de sortir de sa chambre et ne fit pas cas des étranges facultés de Paul, même si elle sembla, un bref moment, déroutée. Elle ne mettait maintenant plus en doute les assertions des ildarans sur leurs origines extraterrestres, mais elle semblait souffrir énormément de la réclusion forcée et de la mort d'Alex.

Sarian, toujours pragmatique conclut la discussion :

- Paul, il faut que tu fasses l'inventaire de tes nouvelles facultés, celles-ci pourraient te sauver la vie.

L'entraînement reprit donc avec un objectif précis.

*

À bord de son vaisseau, Corvin commençait, lui aussi, à trouver le temps long. Les drones avaient ratissé soixante-dix-huit pour cent de la zone délimitée et aucune faille n'avait été détectée dans les défenses de la base Verakin. Le chef des squirs craignait que ses ennemis ne disposent d'une issue secrète permettant d'entrer et sortir sans qu'ils ne les détectent.

Si c'était le cas, les rebelles pourraient rester à l'abri très longtemps. Si je ne m'empare pas rapidement de ces fugitifs, l'empereur va m'obliger à rester sur cette planète. Il va me faire payer cet échec en me consignant ici jusqu'à ce que je capture l'héritier Verakin. La mission qui devait durer quelques jours virait au cauchemar. Il faut absolument les forcer à sortir de leur trou !

L'homme lige de l'empereur ne pouvait pas bombarder la zone, ce serait une violation manifeste de la Charte des Al-Heoxyrians et il les craignait encore plus que l'Empereur. Je vais faire pression sur les parents adoptifs ! Il n'a pas d'autres alternatives : en m'emparant de ses proches, je vais l'obliger à se rendre. Ce plan posait un problème potentiel d'ingérence auprès d'une population indigène, mais la portée était assez faible pour être considérée comme une violation flagrante de la Charte.

De toute manière, le squir ne voyait aucun autre moyen d'atteindre ses objectifs. Il convoqua ses hommes et leur fit part de ses intentions.

- Nous allons y aller à six. Nous transiterons directement dans l'appartement des parents puisque nous connaissons les coordonnées. Pristo et Suiz vous leur ferez enfiler un harnais de transport, on l'active et en moins de trois minutes l'affaire sera réglée. Des questions ? s'enquit-il en les fixant un à un.

- On n'envoie pas de drones en reconnaissance ? demanda Niir, son premier lieutenant.

Corvin craignait que les drones ne soient repérés par les rebelles et que cela tourne à l'affrontement en pleine ville. Il avait à l'idée de kidnapper les parents adoptifs de l'héritier pour les échanger contre sa reddition sans condition. Niir argumenta qu'il était vraisemblablement protégé par la garde d'élite des Verakin, car sinon il n'aurait pas pu leur échapper à Marrakech et jamais ces hommes ne l'autoriseraient à se rendre, même pour sauver sa famille adoptive.

- Que suggères-tu ? demanda Corvin.

- Tendons-leur un piège. Avec de la chance, l'héritier viendra en personne. Dans le cas contraire, nous neutraliserons plusieurs de ses gardes. Proposa Niir.

- Oui c'est une bonne idée. Apportons un neutralisateur de champ quantique. S'ils transitent dans l'appartement, ils ne pourront plus s'échapper et nous pourrons les capturer. Que tout le monde porte une résille Kries, je ne veux pas renouveler l'échec de la précédente interception. IA tu contrôleras l'opération à distance et à l'instant où ils transiteront tu activeras le neutralisateur. Allons-y tous les six, je ne veux prendre aucun risque. Ordonna le capitaine de squirs.

Il prévoyait d'envoyer deux drones sur Paris pour simuler un repérage au-dessus du quartier des parents adoptifs du jeune Verakin. Le squir espérait que les drones seraient repérés par les senseurs de la base rebelle et que l'héritier ordonnerait à ses hommes d'intervenir pour se porter au secours de sa famille terrienne. Dès que les rebelles auraient transité dans l'appartement, l'IA activerait le neutralisateur quantique et les piégerait.

Si tout se passait normalement, Corvin escomptait que ses ennemis soient dans l'impossibilité de s'échapper par saut quantique, même s'ils disposaient d'un nouveau dispositif indétectable. Les hommes de Corvin devraient avoir l'avantage du nombre et, avec les résilles Kries, les capacités psychiques considérables du jeune Verakin seraient neutralisées. S'ils osaient se montrer, l'IA activerait le neutralisateur de saut et une fois Ishar maîtrisé, l'élimination de sa garde serait une formalité.

Corvin répéta ses consignes, car il voulait faire au moins un prisonnier pour l'interroger et si son plan fonctionnait, ce serait d'une pierre deux coups : l'élimination d'une partie des gardes rebelles et la capture du dernier Verakin. L'excitation de la chasse le reprenait et lui redonna le moral.

Les deux drones furent expédiés au-dessus de Paris et l'unité pensante de la base de Dordogne détecta immédiatement les deux transitions quantiques, car Sarian avait fait réactiver les senseurs dès leur retour. Il ne voulait pas rester aveugle et sourd et l'embuscade lui avait servi de leçon. Hors de question de laisser un si gros avantage à leurs adversaires.

Le calculateur semi-intelligent suivit le survol des deux petits dispositifs antigrav au-dessus de la capitale française et alerta Sarian aussitôt.

Paul s'entraînait avec Darin au combat au sabre et il appréciait vraiment le cadeau de Sarian lorsque celui-ci requit leur présence.

- Paul, Darin, point urgent dans la salle des opérations, j'appelle Oria et Vira également.

- Que ce passe-t-il ? demanda le garçon.

- L'IA vient de repérer deux drones sur Paris qui attendent en vol stationnaire au-dessus de la place de la Nation.

- Mes parents ! l'adolescent avait instantanément compris la mission de drones.

- Oui c'est vraisemblable, l'IA indique 99,875% de probabilités positives.

- Il faut intervenir ! s'exclama l'adolescent.

- Je te comprends, mais il s'agit assurément d'un piège pour te capturer. Rétorqua Sarian.

L'ildaran expliqua que toute tentative de saut serait détectée et les coordonnées de départ et d'arrivée révéleraient aussitôt l'emplacement exact de la base. De plus, les risques étaient énormes d'avoir à affronter les impériaux dans un espace restreint avec une probabilité importante de dommages collatéraux.

D'autre part, cela signifiait ouvrir le champ de neutralisation et les squirs pourraient en profiter pour attaquer la base. Mais les arguments de Sarian avaient beau être parfaitement rationnels, Paul ne voulait pas les accepter.

- On ne peut pas laisser mes parents à leur merci ! s'écria-t-il. J'aurais dû y penser plus tôt. Se reprochait-il. Et si on s'éloignait de quelques kilomètres avant de transiter, ils ne pourraient pas localiser la grotte ? proposa le garçon.

- Il y a plus de cent drones au-dessus de nous dans un rayon de dix kilomètres, si nous sortons, nous sommes sûrs d'être repérés. La neutralisation du champ sera automatiquement détectée et la riposte sera immédiate. IA, probabilité de détection si nous sortons ? demanda Sarian pour valider ses assertions.

- SI VOUS VOUS DEPLACEZ A PIED : 97,74% DANS LES TROIS PREMIERES SECONDES, 99,45% DANS LES DEUX SUIVANTES ET 99,99% AU BOUT DE SIX SECONDES. SI VOUS VOUS DEPLACEZ EN VEHICULE, VOUS SEREZ REPERES AU BOUT D'UNE SECONDE A 99,99%.

- Cela répond à ta question, Paul. Nous ne pouvons rien faire sans nous dévoiler totalement. Fit Sarian en adoptant un ton compatissant pour tenter de calmer l'adolescent.

- Je ne peux pas laisser mes parents ! Je vais y aller seul si vous ne voulez pas venir avec moi. Paul était prêt à se déchaîner sans tenir compte des conséquences.

- Calme-toi jeune Verakin. Tu as la fougue de ta mère. Sourit l'homme, qui se souvenait parfaitement de l'impératrice. Agissons intelligemment et essayons plutôt de retourner la situation à notre avantage. Réfléchissons…

C'est ainsi que fut bâtie la contre-offensive de Sarian sur les squirs.

*

Rliostem et Klosteran partageaient le carrosse du prince marchand depuis plusieurs heures et ils commençaient à s'exprimer correctement dans la langue du royaume. Ils avaient appris, par leur hôte, que Port Gâal était la capitale de la partie ouest de ce continent, regroupée sous la bannière du roi Mâaspec. Celui-ci gouvernait depuis trente-deux années locales, mais commençait à accuser le poids des ans et n'avait malheureusement pas d'héritier mâle.

De nombreuses guerres intestines avaient éclaté parmi les bannerets qui tentaient de marier leurs fils à la princesse Mâarleen, mais celle-ci était, pour le moment, restée sourde à toute proposition et le royaume risquait l'implosion entre les contrées maritimes et commerciales du nord-ouest et celles, agricoles, du sud-est. Sertime était un prince de la guilde des marchands. Il n'était pas issu d'une noble lignée, mais sa fortune et son habileté étaient reconnues dans tout le royaume, voire dans certaines îles indépendantes. Ils étaient une poignée de princes marchands à avoir une influence auprès du roi et des seigneurs locaux, car ils approvisionnaient tout ce petit monde en denrées essentielles. Ces princes marchands étaient même habilités à commercer avec les autres régions peu explorées du continent. La civilisation de Polona était comparable à celle du moyen âge terrien, mais avec un degré de compréhension du monde un peu supérieur. Les savants avaient notamment compris que leur planète était ronde et qu'elle tournait autour de leur étoile. Des rudiments d'astronomie étaient même enseignés dans les écoles du royaume pour la classe dirigeante et la petite bourgeoisie.

Bien que fortement influencée par la religion, la prêtrise locale avait compris que la planète n'était pas le centre de leur univers. La notion d'école avait été introduite vingt ans plus tôt par l'actuel roi qui souhaitait donner un peu d'érudition au peuple, au grand dam de quelques nobliaux qui s'activaient aujourd'hui à fomenter des troubles dans le royaume.

Sertime était avide d'informations sur le pays d'origine de Rliostem et Klosteran, car il ne croyait pas que la langue des Initiés soit parlée par tous les habitants de leur contrée. Il ne connaissait certes pas toutes les régions de Polona, mais, depuis que les savants avaient démontré que leur planète était ronde, les polonians avaient commercé avec de nombreux vaisseaux naviguant sur les mers et il n'avait jamais entendu parler d'une région où les habitants s'exprimassent tous dans cette langue.

Rliostem et Klosteran n'avaient toujours rien appris sur ces initiés, malgré les questions détournées posées au marchand, et une insistance plus marquée n'aurait pas manqué d'être suspecte. Ils rageaient donc de ne rien savoir sur ces habitants qui parlaient la langue de l'empire et ce n'était à l'évidence pas les contrebandiers qui devaient la leur avoir transmise. Les deux ildarans en étaient réduits à toutes les conjectures sans parvenir à trouver d'hypothèses satisfaisantes.

Ils avaient cependant appris que cette religion était assise sur la venue d'un prophète et était ancrée depuis plusieurs millénaires chez les gâalanais. Les Initiés restaient discrets sur ce prophète : il était simplement annoncé comme le rédempteur de Polona. Il était idéalisé comme un être de lumière, aux pouvoirs immenses, capable d'élever Polona dans la roue de l'univers. Sertime ne put en dire plus, n'étant pas lui-même très pratiquant, malgré le poids des prêtres dans la vie du royaume.

Les montures qui avaient impressionné les deux hommes s'appelaient des okorox. Il en existait plusieurs espèces dont certaines étaient particulièrement dociles et proches des humains. Ils faisaient des montures de guerre très efficaces, surtout lorsqu'elles étaient dressées à l'attaque et que leurs bois étaient renforcés de pointes d'acier.

La conversation avec Sertime et la découverte de la civilisation poloniane fut interrompue par des cris. Les voix qui retentirent trahissaient une attaque et Rliostem et Klosteran se ruèrent aussitôt à l'extérieur du chariot en activant leur champ *Horlzson*.

Cette agression leur donna l'occasion de faire, une nouvelle fois, la démonstration de leurs talents de guerriers, en mettant hors de combat plus de vingt adversaires sans recevoir la moindre égratignure. Leurs capacités physiques n'étaient pas les seules responsables, car sans leur champ de protection ils auraient reçu de nombreuses estafilades, voire des blessures plus sérieuses. Mais leurs adversaires, s'ils purent s'étonner de ne jamais parvenir à les toucher, n'auraient plus l'occasion de le rapporter à quiconque. À la grande surprise des deux hommes, les brigands étaient plutôt bien armés et entraînés.

Les assaillants avaient soigneusement choisi le lieu du guet-apens et avaient combattu d'une manière parfaitement disciplinée qui trahissait une longue expérience des embuscades. En quelques minutes pourtant, les agresseurs comprirent leur échec et celui qui semblait être leur chef ordonna la retraite. Les gardes de Sertime ne prirent pas le risque de les poursuivre, car il pouvait y en avoir d'autres dans les bois bordant la route côtière.

- Eh bien messires, je me réjouis de vous avoir dans notre camp plutôt qu'avec cette bande de brigands qui nous ont attaqués. S'exclama Sertime après que les bandits survivants se soient éparpillés. Je vous suis redevable de votre intervention, car, sans votre aide, ces bandits nous auraient certainement défaits.

Les gardes de Sertime durent comptabiliser seulement six morts et neuf blessés légers. Face à l'attaque de près de soixante-dix gredins bien armés, c'était presque miraculeux.

- De rien prince Sertime, c'était bien la moindre des choses, vous nous avez offert l'hospitalité de votre caravane. Je suis cependant surpris par les techniques de combat de ces soi-disant brigands : ils avaient plutôt l'air d'être des hommes d'armes. Dans notre région, les voleurs de grand chemin ne sont pas aussi bien préparés au combat ni armés comme des soldats. Fit Klosteran en montrant l'armement récupéré sur des assaillants.

- Vous avez raison, je n'y avais pas pris garde et c'est d'ailleurs étonnant de trouver un si grand nombre de bandits aussi près de la capitale. J'en avertirai le capitaine des gardes royaux, une fois arrivé à Port Gâal. La période est trouble et propice à l'éclosion de bandes organisées qui veulent profiter du chaos, mais il pourrait s'agir d'autre chose. Ajouta le marchand d'un air songeur.

Même Milpars vint les remercier de leur concours, ayant reconnu, en eux, des guerriers aguerris qui avaient évité à ses hommes de lourdes pertes. Encore satisfait de leur aide, le prince Sertime leur fit cadeau de deux magnifiques sabres à lame courbée, forgés par l'école de Maître Asuyâata : l'un des meilleurs armuriers de sa génération.

Ce geste avait une grande signification dans cette contrée où un présent de cette nature avait valeur de reconnaissance de la part d'un homme aussi puissant et les deux hommes pourraient se targuer de ce cadeau comme sauf conduit auprès de la guilde des marchands, s'ils recherchaient un emploi.

Les deux hommes se sentaient à l'aise dans cet environnement moyenâgeux malgré sa brutalité. Les relations humaines étaient simples et le goût du combat très développé et, après dix-sept années terrestres de calme, les anciens gardes impériaux appréciaient de pouvoir combattre à nouveau, même à l'arme blanche. Ils n'en oubliaient cependant pas leur mission première de trouver des alliés à Paul et ce n'était, à l'évidence pas sur cette planète qu'ils en trouveraient, pensaient-ils. Mais il leur restait tant de choses à découvrir …

Le prince marchand offrit une prime exceptionnelle aux hommes qui avaient combattu vaillamment et promis d'indemniser les familles des gardes tués. Milpars revint vers les deux étrangers pour les remercier de leur intervention, car ce n'était pas une attitude courante et le chef des gardes soupçonnait les deux guerriers d'être à l'origine de cette décision.

Après une entrée en matière plutôt difficile avec le chef des gardes du prince marchand, la situation s'était aplanie et il s'en était fait un allié précieux. L'humiliation, d'avoir été vaincu par des hommes ayant mis hors d'état de nuire vingt combattants entraînés, semblait oubliée.

La caravane reprit sa route sans tarder et arriva rapidement en vue de Port Gâal. Rliostem et Klosteran préférèrent quitter le convoi commercial et pénétrer seuls dans la capitale du royaume, malgré l'insistance de Sertime qui se faisait fort de les recommander auprès des autorités de la ville. Introductions, justement, que souhaitaient éviter Rliostem et Klosteran, qui voulaient rester discrets. Ils se présentèrent donc, à pied, à l'entrée sud de la ville fortifiée.

Le royaume n'était pas en guerre, mais les luttes incessantes avaient créé une atmosphère de suspicion et les deux hommes durent répondre à de nombreuses questions concernant les raisons de leur venue à Port Gâal. Heureusement qu'ils avaient, entre-temps, amélioré leur pratique du gâalanais, car le chef des gardes n'était pas bien disposé ce jour-là et, en fin de compte, c'est le nom de Sertime qui fut leur sésame. Les gardes royaux leur laissèrent l'accès à la cité portuaire et ils purent se lancer à la recherche d'une auberge pour la nuit. Le marchand leur avait offert, à chacun, une bourse pleine de pièces de métal qui devaient leur permettre de vivre confortablement pendant plusieurs jours et en les quittant il leur avait fait promettre de venir le voir s'ils cherchaient un emploi d'homme d'armes.

La ville était très animée et la foule bigarrée offrait un spectacle plutôt joyeux. Il y avait certainement de la misère dans ce royaume médiéval, mais la population ne semblait pas accablée comme sur le monde de Kvia, planète féodale située dans la bordure ou un abominable système autocratique faisait régner la guerre depuis plusieurs centaines d'années. Sans la Charte des Al-Heoxyrians, l'Empereur Verakin aurait d'ailleurs fait cesser cette barbarie depuis longtemps. Ici les couleurs étaient chatoyantes et les gens plutôt joviaux. La présence de gardes royaux ne provoquait pas de réaction de crainte des habitants, ce qui prouvait qu'ils étaient plutôt bien considérés par la population.

Sertime leur avait décrit Port Gâal comme un lieu plutôt agréable à vivre, même pour les plus pauvres, car le travail y était abondant et il n'y avait pas de famine. Le climat tempéré de la région donnait au lieu, un air de Toscane au 15e siècle terrien et Klosteran, qui s'était pris de passion pour l'histoire, venait de faire la comparaison. Il souhaitait néanmoins que les intrigues politiques et religieuses soient moins prégnantes que dans l'Italie de l'époque des États Pontificaux…

En flânant de rue en rue, Rliostem et Klosteran arrivèrent devant une auberge appelée « le chat errant », installée face au port. N'ayant pas de repères sur les critères d'hébergements locaux, les deux hommes entrèrent et demandèrent chacun une chambre.

- Combien de nuits comptez-vous rester dans notre établissement ? s'enquit l'aubergiste.

Les deux hommes ne pensaient pas s'éterniser sur Polona, ils réservèrent donc pour deux nuits et le patron exigea une pièce de métal argenté en guise d'avance. Leurs deux bourses en comportaient une cinquantaine et ils apprirent ainsi que ces pièces étaient des tâalents blancs. Il y avait des tâalents jaunes et des rouges, chacun sous-parti des précédents. Rliostem et Klosteran ne reconnaissaient pas le métal, mais la couleur s'apparentait à de l'argent plus clair et les tâalents rouges à du cuivre plus foncé. Pour l'heure, ils n'avaient pas eu l'occasion de voir des tâalents jaunes.

Les deux hommes prirent leur repas à l'auberge pour cinq tâalents rouges, soit un demi-tâalent blanc, et allèrent se coucher en ayant activé un drone de surveillance et pris soin de barricader la porte de leur chambre. Apparemment, la ville était calme et ils n'eurent pas à subir de désagrément pendant la nuit. Ils se retrouvèrent tranquillement pour un petit-déjeuner alors que le soleil était déjà haut dans le ciel et il était temps de faire un peu de repérage afin de vérifier si cette planète pouvait servir de base de repli, au moins temporairement. Une planète humano-compatible serait toujours plus accueillante qu'un caillou inhospitalier dans la bordure.

Les hommes de Sarian se rendirent ensuite sur le port pour observer les navires locaux. Il n'y avait rien d'original d'autant qu'ils n'y connaissaient rien en gréements et ils étaient totalement incapables de distinguer les différences entre les voiles des différents bateaux amarrés dans le port. Tout au plus, purent-ils observer la diversité des formes de voiles, des tailles des navires et des drapeaux accrochés à leurs mâts. Port Gâal semblait être une plaque tournante importante du commerce maritime local, mais la présence de fortifications, à l'entrée du port, laissait néanmoins penser que si la paix semblait aujourd'hui régner, il n'en avait peut-être pas toujours été ainsi.

Les deux hommes se mirent ensuite en quête d'une échoppe pour s'acheter des habits, car, si le prince Sertime leur avait fait don d'une tunique, il leur fallait maintenant s'offrir une garde-robe plus en adéquation avec leur position d'hommes d'armes. On leur indiqua le chemin pour rejoindre le quartier des tailleurs et ils se dirigèrent vers l'adresse recommandée par le prince marchand : le Gilet Rouge. L'échoppe était réputée pour habiller les principaux pairs du royaume et, certains le prétendaient, le roi lui-même de temps à autre. Les deux hommes poussèrent donc, en toute confiance, la porte du Gilet Rouge.

- Entrez, mes seigneurs. Que peut faire ma modeste échoppe pour des princes tels que vous ? annonça un personnage, d'un certain âge, qui s'adressa à eux avec déférence malgré leurs tuniques plutôt modestes.

- On nous a recommandé votre boutique pour nous confectionner une garde-robe digne de notre rang. Répondit Rliostem, satisfait de l'accueil.

- Nul doute que c'est un grand seigneur qui apprécie nos confections pour vous avoir recommandé. Puis-je savoir quel gentilhomme a eu cette largesse à l'égard de mon modeste commerce ?

- Le prince marchand Sertime répondit Klosteran amusé par le langage fleuri du tailleur.

- Ah ! Cet illustre personnage est de vos connaissances ? Je suis honoré de sa recommandation. Que puis-je vous confectionner qui vous satisfasse ?

Rliostem allait répondre lorsque la porte s'ouvrit brusquement pour laisser entrer deux jeunes hommes, visiblement éméchés, qui devaient émerger d'une nuit de beuverie.

- Couturier ! Fabrique-nous des pourpoints dans l'heure. Brailla l'un d'eux en titubant.

- Comme il vous plaira, messeigneurs. Je me mets à l'ouvrage dans l'instant. Souhaitez-vous attendre dans ma modeste échoppe ou revenir plus tard dans la journée ? répondit le tailleur sans sembler être perturbé par l'odeur avinée qui émanait de deux importuns.

- Nous voulons te voir travailler afin d'être sûr que tu ne nous voles pas sur le tissu. Aboya le second en s'avançant et en bousculant violemment Rliostem.

- He bien, Messieurs ! Un peu de courtoisie ne vous ferait peut-être pas de mal ! s'exclama celui-ci, furieux d'avoir été interrompu et bousculé.

- Qui es-tu, toi, pour nous adresser la parole ? demanda le premier en portant la main à son sabre.

- À votre place, je laisserais cette lame dans son fourreau si vous ne voulez pas être blessés, intervint posément Klosteran, qui sentait venir les ennuis.

- Je vous en prie, messeigneurs. Pas d'esclandre dans mon échoppe. S'alarma le tailleur visiblement plus inquiet pour son magasin que pour ses clients.

Le jeune homme le plus proche de Klosteran sortit son sabre de son fourreau avec l'intention évidente de s'en servir contre Rliostem, mais celui-ci, dans un mouvement vif, lui porta un puissant atémi qui l'envoya au pays des songes. Le second resta paralysé devant la lourde chute de son ami s'effondrant dans les rouleaux de tissu du Gilet Rouge.

- Vous avez porté la main sur le fils du duc Tâardian ! Vous êtes des hommes morts. Gardes ! Emparez-vous d'eux ! Ils ont agressé le fils du duc. Beugla-t-il en ouvrant la porte extérieure et en rameutant des hommes d'armes restés dans la ruelle.

Huit gardes se précipitèrent immédiatement à l'intérieur de la petite boutique pour se saisir des ildarans. Les deux hommes eurent beaucoup de peine à se débarrasser de leurs adversaires à cause de l'étroitesse de la boutique. Mais les gardes se gênaient mutuellement dans l'espace restreint et devaient les affronter un par un. Klosteran en profita au passage pour assommer le deuxième jeune homme qui vociférait toujours comme un putois.

- Fuyez ! quittez la ville ! Les gardes vont vous rechercher partout. S'écria le tailleur, totalement paniqué par l'incident.

- Mais nous n'avons pas l'intention de fuir, ces deux hommes nous ont attaqués les premiers et nous exigeons réparation. Répondit Rliostem avec assurance.

- Vous avez peut-être raison, mais Tâargrien est le fils du puissant duc Ravokâan Tâardian, et peut-être le futur prince de Gâal, s'il épouse la fille du roi.

- Cela ne change en rien au fait qu'ils nous ont agressés les premiers. Intervint Klosteran, l'air buté.

Il était de toute façon trop tard pour fuir, car une cohorte de gardes royaux venait d'encercler la boutique du tailleur. Un officier d'âge mûr était à leur tête et il entra calmement dans la boutique en toisant les deux hommes.

- Dois-je comprendre, Messires, que vous êtes la cause de tout ce tracas ? lança-t-il d'une voix forte, habituée au commandement.

- Il se pourrait nous y soyons mêlés, mais en aucun cas nous n'en sommes à l'initiative. Nous étions en train de choisir des tissus lorsque ces jeunes gens enivrés nous ont cherché querelle. Tenta d'expliquer Rliostem.

- L'affaire est fort embarrassante. Vous avez, semble-t-il, agressé le jeune Tâardian et son cousin puis quelque peu malmené leurs gardes. Fit-il en toisant les nombreux hommes, titubants dans la boutique. Je me dois de vous emmener au poste de la garde royale afin de tirer cette affaire au clair. Remettez-moi vos armes s'il vous plaît, inutile de provoquer un autre esclandre, nous sommes vingt.

Bien que le nombre de gardes n'intimida pas les deux ildarans, ils préférèrent remettre leurs sabres au capitaine des gardes royaux. Celui-ci s'étonna de la qualité des lames et, lorsqu'il apprit qu'elles leur venaient du prince marchand Sertime, son embarras n'en fut qu'accentué. Encore une affaire délicate qu'il va me falloir gérer. D'ici à ce que cela dégénère en une vendetta entre un grand seigneur et la guilde du commerce. Décidément, le royaume n'avait pas besoin de cela en ce moment pensa-t-il.

Les deux jeunes gens reprenaient leurs esprits, de même que leurs gardes et le capitaine de la garde royale, resté en arrière, leur intima de se rendre au palais pour toutes doléances, précisant que ses hommes avaient arrêté les fauteurs de troubles.

- Remettez-les-nous capitaine ! je suis le fils du duc Tâardian ! intervint le plus querelleur en bombant le torse d'un air hautain.

- Je sais qui vous êtes, Monseigneur, mais ces hommes ont troublé l'ordre de la cité et leur sort dépend de la justice du roi. À moins que vous souhaitiez vous substituer à celle-ci ? lui rétorqua insidieusement le capitaine des gardes.

- Non..., bien entendu capitaine, personne ne peut se substituer à la justice du roi. Répondit le jeune Tâardian, visiblement furieux, mais impuissant. Je me rendrai personnellement auprès du roi Mâaspec pour réclamer leurs têtes, soyez-en sûr. Conclut-il en quittant l'échoppe plein de morgue, suivi par ses gardes et son cousin se tenant la tête.

Rliostem et Klosteran, malgré leurs protestations devant l'injustice de voir partir libres leurs contradicteurs, furent emmenés au poste de garde pour y être interrogés par un envoyé du palais de la justice.

La première journée à Port Gâal commençait bien pour les deux hommes qui se demandaient comment se sortir de ce pétrin sans avoir recours à leurs armes modernes, d'autant que le recours à des technologies avancées risquait de les faire repérer par les contrebandiers stationnés sur la septième planète qui devaient certainement avoir, maintenant, disposé des drones de surveillance orbitaux.

Comme reconnaissance en douceur ; il y avait mieux…

*

Le plan prévu par Corvin était en place : six des membres de son équipe étaient prêts à transiter directement dans l'appartement des parents adoptifs d'Ishar à son signal.

Ils disposaient de deux neutralisateurs de saut, synchronisés par l'IA du Squirs Prime, et dès que les gardes Verakin émergeraient, les appareils seraient activés, interdisant toute retraite par saut quantique. À six psykans, rompus aux meilleures techniques de combat renforcées avec des Nanocrytes militaires de niveau six, Corvin ne doutait pas réussir à se rendre maître de ses adversaires. Sa seule crainte était de les voir disparaître, de nouveau, comme lors de la dernière embuscade, mais il espérait cette fois-ci que les neutralisateurs de sauts rendraient impossible tout déplacement quantique.

L'officier squir donna le top et ils transitèrent simultanément dans la salle à manger du couple Delavigne alors que les parents adoptifs de Paul étaient tranquillement installés devant leur terminal télévisuel. La surprise fut totale pour les deux terriens qui n'eurent pas le temps de réagir et deux psykans du groupe les plongèrent immédiatement dans un sommeil sans rêves puis les installèrent soigneusement dans leur chambre. Corvin avait donné des instructions strictes : les deux terriens devaient être parfaitement traités afin de pour pouvoir négocier dans de bonnes conditions avec Ishar Verakin et ses hommes. Son objectif restait la capture de l'héritier et il ne voulait pas gâcher ses chances en braquant inutilement ses adversaires.

Corvin s'attendait à voir apparaître très vite la garde Verakin, persuadé que leur déplacement avait été enregistré par les senseurs de ses adversaires. L'attente commença, mais au bout d'une heure, le doute s'installa dans l'esprit des squirs. Était-il possible que les senseurs ennemis aient été désactivés et qu'ils ignorent tout de l'opération en cours ? Après quatre heures d'attente, et malgré leur entraînement militaire, les hommes de Corvin devenaient nerveux, car il allait faire jour dans trois heures et les risques d'être découverts allaient se multiplier. Le merveilleux plan du squir semblait avoir échoué.

- Bien, s'il n'y a aucun changement d'ici les deux prochaines heures nous allons faire mouvement et nous emmènerons avec nous la famille adoptive d'Ishar Verakin. On les garde endormis durant toute la durée de l'opération et on les mettra en stase dès que nous serons revenus à bord. Ordonna Corvin.

Le squir n'eut pas le temps de terminer sa phrase que Paul se matérialisait au milieu du groupe et les neutralisateurs s'activèrent aussitôt, déclenchés par l'IA du vaisseau en orbite.

- Bonjour, Messieurs. Pouvez-vous m'expliquer cette intrusion dans la vie de terriens innocents ? Il s'agit d'une violation manifeste de la Charte, non ? lança Paul très détendu.

Les membres du commando avaient réagi à la mesure de leurs améliorations physiologiques et avaient déjà tous leur pulseur à aiguilles à la main. Paul ne fit aucun geste qui put être interprété comme agressif car, bien qu'il fût protégé par un bouclier

Horlzson, il se pouvait que certaines de ces armes soient chargées avec des munitions en Arkrit.

- Votre Altesse. Nous vous attendions plus tôt. Fit Corvin, vite remit de l'irruption du garçon.

- Quelques formalités à régler avant de venir, répondit nonchalamment ce dernier, volontairement provocateur.

- Veuillez, je vous prie, déconnecter votre bouclier et dégrafer votre harnais de transport. Pas de gestes brusques, s'il vous plaît. Il serait dommage que nous nous méprenions sur vos intentions. Ordonna le capitaine impérial.

Malgré la bonne surprise de voir apparaître l'héritier Verakin, Corvin restait prudent, car il ne comprenait pas pourquoi Ishar était venu seul et avait attendu aussi longtemps. Il restait en alerte maximum, de même que ses hommes. Sa méfiance s'accentua lorsque l'IA du Squirs Prime l'informa que son déplacement n'avait pas été repéré par les détecteurs de sauts quantiques.

Paul s'exécuta lentement afin de ne pas risquer de se faire tirer dessus, mais les squirs étaient des professionnels aguerris, tous parfaitement concentrés sur leur mission et il n'y eut aucun incident malheureux.

- Je suis agréablement surpris par votre arrivée, Votre Altesse. Reprit Corvin d'un ton sarcastique.

- Votre invitation était trop tentante, laquais de l'usurpateur. La répartie de Paul cingla comme un coup de fouet.

L'insulte n'eut aucun effet sur Corvin qui savait parfaitement se maîtriser, mais il eut un léger flottement parmi ses hommes.

- Votre dialectique est acerbe pour un adolescent élevé sur un monde primitif, mais vous êtes maintenant mon prisonnier et j'ai ordre de vous ramener à l'Empereur. Corvin avait appuyé sur le mot empereur, afin de faire comprendre au garçon que la légitimité était quelque chose de subjectif et dépendait de quel côté du pouvoir on se trouvait. IA, dès que tu auras déconnecté les neutralisateurs, active les harnais de saut individuels simultanément : je ne veux pas que nos adversaires en profitent pour émerger soudainement.

Le plan fut exécuté sans accroc et l'équipe de squirs, encadrant Paul, transita directement à bord du vaisseau en orbite. L'aviso fut mis aussitôt en situation de défense : tous boucliers dressés et ses champs anti-saut activés.

- Bienvenue à bord, Votre Altesse. Nous n'avons pas eu le temps de nous présenter l'autre soir. Sourit le squir ironiquement. Je m'appelle Corvin, je suis le chef de la garde personnelle de l'Empereur Kera Seravon. Vous serez traité avec tous les égards dus à votre rang, mais que les choses soient bien claires : je n'ai aucun grief contre vous ou vos proches, mais j'ai reçu l'ordre de vous ramener mort ou vif sur Ildaran Prime et je m'acquitterai de ma mission. Je n'ai pas d'instructions concernant vos fidèles restés sur Terre, mais s'ils en ont les moyens, qu'ils quittent rapidement ce système, car je doute que l'Empereur les laisse en paix. Nous allons nous mettre en route vers l'Empire immédiatement. Si vous voulez communiquer avec vos hommes, vous pouvez le faire, nous ne leur ferons pas la chasse. Compléta le capitaine d'un ton ferme et professionnel.

- Je vous remercie pour votre franchise Corvin, sachez que je vous tiens responsable de la mort de mon meilleur ami, mais je vous propose néanmoins de rejoindre ma cause et je puis vous garantir, dans ce cas, que vos hommes et vous serez bien traités

On ne peut pas dire que la réponse de Paul fut celle que Corvin attendait, et malgré tout son professionnalisme et son self-control, l'incrédulité s'afficha quelques secondes sur son visage. Néanmoins, il ne commit pas l'erreur de sous-estimer son interlocuteur et réagit aussitôt.

- IA, bâtiment en alerte niveau 7, neutralisateurs de champs de saut renforcés sur tout le navire, boucliers au maximum, enclenche la propulsion gravitique, poussée quatre-vingts pour cent en direction de la périphérie. Le bâtiment rapide commença aussitôt à manœuvrer.

- C'est inutile Corvin, vous ne pouvez plus rien faire. Vous m'avez amené exactement là où je le voulais. Paul disparut un bref instant avant de réapparaître sur la passerelle, entouré de ses hommes. Il tenait maintenant à la main un sabre visiblement en Arkrit et le menaçait. Le chef des Squirs activa son bouclier Horlzson par réflexe. Ne cherchez pas à lutter contre nous, continua l'héritier Verakin, dont la tête brillait soudainement violemment.

Corvin ne l'avait pas remarqué plus tôt, mais des joyaux encerclaient le front de l'héritier et ils irradiaient puissamment. Le chef des squirs tenta de prendre le contrôle de l'esprit de Paul en lui lançant une puissante attaque mentale et fut stupéfait de découvrir un bouclier totalement impénétrable. C'est comme si ses capacités psys avaient disparu. Il avait l'impression d'être prisonnier de son propre cerveau. Ses perceptions extra-sensorielles, qui lui permettaient habituellement d'échanger avec ses hommes et de savoir constamment où chacun se situait, étaient totalement inefficientes. L'officier squir n'avait jamais entendu parler d'un psykan capable d'inhiber les aptitudes d'autres psykans et encore moins de pouvoir neutraliser six hommes de leur niveau !

- Ne cherchez pas à lutter Corvin, vous êtes face à une situation qui nous dépasse tous. L'avenir de l'empire est en jeu et je dispose de ressources qui vous sont inaccessibles.

La peur commença à s'immiscer dans l'esprit du commando, car il ne comprenait pas comment les gardes d'Ishar avaient pu se matérialiser sur le vaisseau alors que les champs de neutralisation étaient activés. Il lui revint en mémoire la disparition de ses adversaires en Dordogne et tenta de se rassurer en pensant à une nouvelle technologie de transition quantique, mais il ne pouvait cependant pas se résoudre à se rendre aussi facilement et dans un sursaut désespéré, sorti son poignard en Arkrit avec l'espoir de surprendre Paul grâce à l'accélération fournie par ses Nanocrytes de combat.

Aucun des hommes de Paul ne pouvait intervenir, car le squir disposait des mêmes améliorations qu'eux et Corvin accélérait à presque deux fois la vitesse normale. L'officier impérial percevait la vibration de sa lame capable de traverser un bouclier *Horlzson,* mais alors que son poignard aurait dû atteindre le cœur du jeune Verakin, sa lame fut brutalement bloquée et son bras paralysé. L'héritier le désarma comme on ôte un jouet à un enfant, sans que le psykan ne comprenne rien aux forces en présence, mais malheureusement pour lui, Oria et Sarian avaient réagi et Paul n'eut pas le temps de les stopper. Corvin était déjà mort, atteint par deux lames vibrantes lancées à presque deux fois la vitesse normale. Il mourut inutilement sans avoir compris ce qui se s'était passé.

- Paul ! Tu n'as rien ? s'alarma Oria.

- Non. Rassure-toi, il ne pouvait pas m'atteindre. Répliqua l'adolescent, navré de la mort du capitaine impérial.

- Mais comment as-tu fait pour le contrer ? Tu n'as pas de pack de Nanocrytes de combat ? demanda Sarian, encore sous le coup de la surprise.

- Il semble que mes joyaux ne souhaitent pas que je meure tout de suite et ils ont, semble-t-il, un tas de surprises en réserve. Répondit l'adolescent.

Les autres squirs, un moment, tentés d'intervenir pour épauler leur chef, furent stoppés net dans leur élan par la menace de deux pulseurs tenus par Darin et Vira.

- Nous sommes maîtres du centre tactique, mais l'IA risque de nous donner du fils à retordre maintenant que le capitaine du navire est mort. Intervint Sarian. Je suis d'ailleurs surpris qu'elle ne soit pas encore intervenue. Préparez-vous à défendre le centre des opérations.

- Je pourrais essayer de prendre le contrôle de sa partie consciente ? proposa Paul.

- À ma connaissance, cela n'a jamais été réalisé, mais tu es plein de ressources et, bien que j'aie encore du mal à accepter cette histoire d'émissaire des Al-Heoxyrians, je dois reconnaître que tu possèdes des talents inconnus jusqu'alors. De toute manière, tu ne risques rien à tenter le coup, accepta Sarian.

- Cela pourrait être un peu long, car faire plier une IA est certainement plus complexe qu'un cerveau humain… répliqua Paul incertain du résultat.

L'adolescent commença à sonder son environnement comme le lui avait appris Oria et il perçut une forme d'inquiétude mêlée à de la curiosité de la part de l'IA de l'aviso. La sensation était très différente de celle ressentie lors de ses entraînements avec des cerveaux humains.

Ici, pas de souvenirs mélangés chronologiquement : le champ sensoriel recréait plutôt un univers froid et analytique. Paul ne détectait pas de barrière mentale comme avec un psykan, mais le schéma de pensée de l'IA était tellement différent de celui d'un humain qu'il mit beaucoup de temps relatif à l'interpréter. Le jeune homme effleurait la mémoire de l'intelligence artificielle sans parvenir à la pénétrer. Il percevait de nombreux souvenirs : son activation –impression de naissance-, une explosion de perceptions sur la structure du vaisseau, des informations sur les senseurs extérieurs, une forme de plaisir à naviguer entre les étoiles, un souvenir de Kera Seravon, vision fugace qui s'effaça rapidement… Visiblement, l'empereur n'était pas venu souvent à bord de ce vaisseau. Le garçon remontait lentement les synapses artificielles à la recherche du centre de décision et une sorte d'agitation devenait palpable dans la structure de pensée du cerveau synthétique. Paul était persuadé d'approcher de son but. Encore un petit effort…

- Ça y est, je l'ai eu ! J'ai le contrôle du bâtiment. Je devrais pouvoir également prendre le contrôle du porte-croiseurs Seravon Prime, car il est subordonné à cette unité. J'ai besoin encore de quelques minutes pour consolider mon emprise. S'exclama Paul, surpris par toutes les informations qui se déversaient dans son esprit.

- Ça, c'est une excellente nouvelle ! Cela change passablement notre situation si tu contrôles cette petite flotte bien armée et très récente. S'enflamma Darin rasséréné par cette brève victoire.

- Je suis resté longtemps dans ce truc ? s'enquit Paul, encore un peu étourdi et reprenant lentement contact avec la réalité.

- Presque cinq minutes. Nous commencions à nous inquiéter. Répondit Oria. Je ne savais pas que l'on pouvait contrôler une IA et je ne pense pas que cela ait déjà été fait auparavant. Compléta la jeune ildarane, visiblement impressionnée par l'exploit de Paul.

Le garçon était encore dans un état second et Darin dut le soutenir afin qu'il ne s'effondre pas sur le sol. De son côté, Sarian reprenait espoir, car en quelques minutes leur situation s'était radicalement modifiée. Ils disposaient maintenant de quinze navires de combat, d'un aviso rapide et surtout d'un gros porte-croiseurs puissamment armé. De quoi voir venir et quitter le système solaire pour amorcer la reconquête du pouvoir impérial dans de bonnes conditions.

- Paul, si tu as le contrôle de l'IA principale, peux-tu ordonner que les quinze autres croiseurs en périphérie du système surveillent les zones d'émergences de manière à ce que nous ne soyons pas surpris si l'Empereur envoie d'autres appareils. Demanda Sarian.

- Laisse-moi quelques minutes pour récupérer. La communication mentale avec une IA est vraiment différente d'avec un humain et c'est d'ailleurs peut-être parce que je suis néophyte que j'ai réussi le contact. Si j'avais appliqué la méthode que m'a apprise Oria, je n'y serais pas parvenu. Répliqua l'adolescent, d'un ton abattu par l'effort.

- Prends ton temps, mais pas trop quand même, car nous devons manœuvrer rapidement. Sourit l'ildaran, d'un air compréhensif.

- OK, reprit Paul. D'après l'IA, treize navires sont éparpillés dans le système solaire. Les deux derniers sont proches du porte-croiseurs, à distance de combat et l'IA me transmet qu'elle va les positionner à neuf milliards de kilomètres du soleil de manière à intercepter tout navire qui émergerait, quelle que soit sa masse.

Le cerveau artificiel du Seravon Prime précisa qu'il faudrait environ deux heures pour que le bouclage du système soit effectif, mais qu'ensuite rien ne pourrait émerger sans être susceptible d'être intercepté par un ou plusieurs appareils.

Restaient les stations orbitales et celles des lunes de Neptune, contrôlées par la base australienne. Le groupe de Sarian ne pouvait pas les neutraliser, sans que l'intervention ne soit pas détectée depuis la Terre, mais ne pouvaient pas non plus laisser intactes des plateformes mobiles susceptibles de leur envoyer, sans préavis, des salves de disques-torpilles de classe planétaire.

Il faudrait un certain temps avant que les impériaux, de la base terrestre, ne comprennent que la flotte était aux mains des Verakin, car l'IA pourrait toujours arguer que Corvin était occupé à traquer les rebelles. Sarian comptait utiliser ce répit pour quitter le système, mais il restait encore de nombreux points à régler avant le départ.

L'ildaran enferma les survivants du groupe de Corvin dans une cabine transformée en cellule et verrouillée par l'IA du bord puis demanda à Paul de ramener toute l'équipe à l'intérieur de la base de Dordogne. L'adolescent était épuisé, mais Sarian ne voulait pas que les impériaux présents en Australie repèrent les transitions quantiques vers la base de Dordogne afin de ne pas éveiller leurs soupçons et seul son nouveau talent de déplacement leur permettait de rester discrets.

Leur retour fut accueilli avec soulagement et Stéphanie se jeta, sans retenue, au cou de son amant. Celui-ci était encore un peu titubant et la jeune fille s'en aperçut.

- Paul, que s'est-il passé ? J'ai eu si peur ! les larmes coulaient sur les joues de la jeune fille

- Tout va bien, nous avons le contrôle de la flotte impériale présente dans le système solaire. Répondit fièrement l'adolescent, un peu grisé par la situation, maintenant que la tension du combat était retombée.

Sarian ne perdait pas de vue les priorités et doucha un peu l'enthousiasme de Paul.

- Bien, maintenant il faut aviser pour la suite, car, si la menace à court terme a disparu, la base australienne va chercher à savoir ce qui se trame. Il faudrait d'ailleurs ordonner à l'IA d'empêcher toute transition de sonde messagère, en sortie du système, car il faut éviter que les impériaux n'appellent du renfort. Tu peux communiquer avec l'IA d'ici ou il te faut une ligne holocom ? Voulut savoir le chef de la garde, toujours aussi efficace.

- Je peux communiquer avec elle d'ici, je ne connais pas la portée de mon emprise, mais, pour le moment, je la perçois parfaitement. L'ordre est relayé aux croiseurs : si une sonde messagère est expédiée depuis la base australienne, elle sera détruite avant d'avoir atteint un point de saut. Répondit le garçon.

- Où est le bâtiment de classe Tonnerre ? s'enquit Telius, qui était resté silencieux jusqu'ici, mais s'inquiétait de savoir le vieux croiseur de guerre certainement à portée de tirs.

- L'IA du Squirs Prime l'a en visuel, il est à deux mille kilomètres sur la même orbite. Transmit Paul

- Je n'aime pas trop savoir un navire de combat aussi près du seul appareil capable de nous exfiltrer de ce système, fit remarquer Darin.

On n'a pas trop le choix. Nous ne pouvons pas l'engager si près de la planète : n'importe quel terrien pourrait apercevoir sa destruction avec une paire de jumelle. Souleva Sarian.

Stéphanie voulut que Paul lui raconte l'opération, car, même si elle n'avait pas la fibre guerrière, les exploits de son amant l'exaltaient.

Elle était restée à l'écart de la préparation du plan de Sarian et elle ignorait presque tous des nouveaux talents du jeune homme. Elle voulut donc tout savoir de ses nouvelles facultés même si, Paul le ressentait presque physiquement, elle semblait effrayée par ses nouveaux pouvoirs.

- Tu peux lire dans les cerveaux ? demanda l'adolescente à voix basse en entraînant le garçon un peu à l'écart.

- Je n'en sais rien, je n'ai pas encore essayé. Tu sais, je n'ai pas eu trop le temps de réfléchir : tout cela est un peu soudain. Il y a encore deux semaines, nous nous préparions tranquillement à passer des vacances au Maroc et aujourd'hui je commande, virtuellement, la première puissance militaire du système solaire. S'extasia le garçon, un peu euphorique.

- Et que comptes-tu faire de nous ? interrogea la jeune fille légèrement anxieuse.

- Comment cela ? Rien ne change entre nous Stéphanie : je dois juste intégrer de nouvelles responsabilités. Se méprit l'adolescent.

- Je voulais dire pour Mélanie et moi, lui précisa son amie d'un regard grave.

- Oh ! Mais je n'ai pas à décider à votre place. Pour le moment, il a fallu que vous restiez avec nous, pour des raisons de sécurité, mais maintenant vous pouvez choisir votre destin. Répliqua-t-il, un peu contrarié par les remises en cause que soulevait cette question.

- Et toi, que vas-tu faire ? s'enquit timidement la jeune femme, craignant la réponse.

- Je ne sais pas encore, mais il me semble difficile de rester ici. Pour le l'instant, nous avons obtenu un répit, mais, d'après Sarian, l'empereur devrait envoyer une autre flotte et ce ne sont pas nos malheureux navires qui nous protégeront. Je dois encore faire le point avec lui pour définir quelles sont toutes nos options. Répondit l'adolescent, gêné par le regard accusateur de son amie qui semblait lui reprocher d'avoir pris une décision sans en discuter avec elle.

- Vous devez bien avoir faim avec ces émotions. Intervint Telius, toujours pragmatique.

- Bonne idée. Acquiesça Oria. Il ne faut pas oublier l'essentiel : un bon guerrier est un guerrier bien nourri.

Paul remercia intérieurement Telius de lui avoir momentanément évité une discussion qui promettait d'être houleuse.

- Mélanie est toujours dans sa chambre ? s'enquit Sarian.

- Oui, elle s'est fait apporter de la nourriture, mais n'est pas sortie. Rapporta Numarion, qui était chargé de la surveiller.

L'homme n'insista pas et toute l'équipe se retrouva autour de la grande table de la salle de repas de la base.

Paul avala littéralement la valeur énergétique de trois repas pantagruéliques tant il était affamé même s'il n'en avait pas ressenti les signes habituels. Après avoir ingurgité plus de huit mille calories, il sembla rassasié et se laissa aller sur le dossier de sa chaise. Les ildarans le regardaient d'un air amusé, car ils connaissaient bien ce phénomène déclenché par les Nanocrytes qui avaient besoin de reconstituer leur stock énergétique.

Ce fut un bref moment de détente où tout le monde essaya d'oublier un peu la situation, mais où l'incertitude sur l'avenir restait prégnante dans l'esprit de chacun.

Darin en profita pour ouvrir de bonnes bouteilles de vin français, car, depuis qu'il s'était découvert une passion pour les grands crus, l'ildaran avait aménagé une petite cave dans une cavité de la grotte. Il revint de sa cave avec un air triomphant en exhibant fièrement deux bouteilles de Château L'Angélus 2005, un excellent Saint-Emilion Grand Cru Classé. Il souhaitait pouvoir en emmener une partie, car il avait accumulé plus de sept cents bouteilles et trouvait dommage de tout abandonner sur place. Maintenant qu'ils disposaient d'un énorme vaisseau, le volume et le poids ne devraient plus être un souci.

Paul, qui avait appris à apprécier les bons crus avec son père adoptif, lui assura, sans plaisanter, qu'il aurait le concours des androïdes du Squirs Prime pour l'aider dans son petit déménagement. Le côté burlesque de la situation n'échappa à personne et Sarian se surprit à sourire, ce qui lui fit énormément de bien après ces instants d'extrêmes tensions.

Fin du second volume

Glossaire

Aaken:	membre du collège des Scientistes,
Al-heoxyrian	Nom donné à une entité ? Race ? Qui serait, selon les ildarans, à l'origine de l'uniformisation de la vie humaine dans la galaxie Voie Lactée. Voir Charte des Al-heoxyrians qui interdit le recours au saut quantique à proximité des étoiles ainsi que l'intervention dans les civilisations préspatiales.
Amaridinia	planète mineure de l'Empire d'Ildaran.
Arkrit	minerai découvert sur un planétoïde possédant des propriétés uniques lorsqu'il entre en résonnance.
Asuyâata	maître armurier de la planète Polona.
Averdin	clan ayant découvert la planète Terre, vassal de la famille Uphrasite.
Baliran	ancien garde impérial, a trouvé refuge dans la guilde des contrebandiers.
Bella	prénom donné à l'IA du Bellator.
Bellator	nom donné au vaisseau impérial conquis par Ishar Verakin.
Brasky	système de Brasky. Système solaire ayant violé la Charte des Al héoxyrians. Détruit par explosion de son étoile.
Briza	ancien garde impérial, membre de l'équipe de protection d'Ishar Verakin.
Carou 4	croiseur d'attaque embarqué sur le Bellator.

Carusif	croiseur léger détaché auprès de la garnison en poste sur la planète Terre.
Cavon Seravon	découvreur de la matière noire, ancêtre de Kera 1er.
Cheeris	membre du collège des Scientistes,
Coren Faraï	inventeur des Nanocrytes.
Corodria	minerai permettant de produire le corodrium.
Corodrium	alliage, à base de Corodria, particulièrement résistant permettant un façonnage moléculaire.
Corvin	capitaine d'une brigade squir, chef de la sécurité de Kera 1er, psykan de haut niveau.
Damiusin	ville sur Polona, réputée pour les artisans qui fabriquent des armes de très haute qualité.
Darin	maître d'armes, ancien garde impérial, membre de l'équipe de protection d'Ishar Verakin
Écu-Croix	bras spiral de la Voie Lactée (également appelé bras du Centaure). Se situe entre le bras Sagittaire-Carène et le bras de la Règle.
Extrapolonian	humain, étrangé à Polona.
Facel Randarion	Inventeur de la technologie de déplacement par trou de vers, appelé également saut ou transition quantique.

Faraï   famille majeure de l'Empire d'Ildaran,
                               spécialisée dans la recherche médicale,
                               inventeur des Nanocrytes, de la
                               prolongation de la vie et des glandes
                               psykanes.

Farmien Horlzson   inventeur du bouclier énergétique qui
                               porte son nom.

First Episode :   navire de plaisance à moteur

Florilius,   commandant de la base ildarane
                               stationnée sur la planète Terre.

Frochia,   (système de) système solaire situé proche
                               des frontières de l'Empire, étoile de type
                               naine rouge.

Gâal,   (royaume de), situé sur Polona.

Gâalanais   habitants du royaume de Gâal.

Golchem,   directeur scientifique de la base ildarane
                               installée sur la planète Terre.

Gorantim,   lieutenant du commandant Florilius.

Hefry,   membre du collège des Scientistes

Hertocha,   système mineur de l'Empire d'Ildaran.

Hevry,   membre du collège des Scientistes

Holocom   technologie de communication en 3D.

Horlzson   (champs) nom du bouclier énergétique
                               utilisé par les ildarans.

Humano-compatible   terme utilisé pour désigner les planètes
                               habitables par les humains et aux
                               conditions presque similaires à la planète
                               mère des ildarans.

Ika Seravon	amiral de la flotte envoyée dans le système solaire, cousin de l'Empereur Kera 1er.
Ikon Seravon	frère cadet de l'Empereur Kera 1er.
Ildaran	peuple de l'Empire d'Ildaran.
Ildaran Prime,	planète mère des ildarans et capitale de l'Empire.
Ilvaran Verakin	ancêtre d'Ishar, inventeur de la technologie qui convertit les particules de matière noire en énergie et la stocke dans des condensateurs.
Irias	intendant impérial de la famille Verakin, proche du père d'Ishar.
Ishar	dernier descendant de la famille Verakin.
Jilien	membre du détachement militaire commandé par Florilius.
Karyo	capitaine du vaisseau amiral du cousin de l'empereur, l'amiral Seravon.
Kera	prénom de l'empereur Seravon.
Kharitra	planète mineure de l'Empire connue pour ses élevages.
Kin	abbréviation de Verakin, symbolisant l'énergie produite par les condensateurs Verakin.
Klosteran	ancien garde impérial, a trouvé refuge dans la guilde des contrebandiers.
Korïn Faraï	inventeur des glandes psykanes.
Korisandre	membre du collège des Scientistes.

Kriavia	planète mère des scientistes située dans l'amas des Pléiades.
Kries	résille Kries, dispositif de neutralisation des ondes cérébrales et de protection contre les psykans.
Liar	membre du commando Squir de Corvin.
Livion	commandant scientiste.
Lorka	(fédération de), système solaire indépendant situé à 800 années-lumière de la Terre.
Mâarleen	princesse gâalanaise, fille du roi Mâaspec
Mâaspec	roi de Gâal.
Malezari	famille majeure de l'Empire d'Ildaran, proche des Seravon.
Mariq	membre de l'équipe de Sarian.
Marvio	chef des contrebandiers installé sur Polie, la septième planète du système de Polona.
Milpars	chef de la garde du prince Sertime.
Miol	membre de l'équipe de Florilius.
Nanocryte	nanorobots biologiques améliorant les performances physiques des porteurs.
Nanotraqueur	dispositif de suivi de la taille d'une nanoparticule.
Narvin	membre de l'équipe de Sarian.
Neurorécepteur	dispositif artificiel biologique lié aux Nanocrytes.

Neutralisateur	(de champs quantique) dispositif de brouillage qui bloque tout déplacement par trou de vers.
Niir	adjoint de Corvin.
Numarion	membre de l'équipe de Sarian.
Obvion	membre du collège des Scientistes.
Okorox	animal de couleur fauve, orné d'une crinière de lion, ressemblant à un croisement entre un Wapiti et un cheval frison.
Oprius	croiseur d'attaque embarqué à bord du Bellator.
Orcaphin	système mineur de l'Empire, administré par la famille Uphrasite.
Oria	membre de l'équipe de Sarian.
Orikan Verakin	ancêtre de Paul qui comprit, parmi les premiers, le potentiel des glandes psykanes.
Pallaron	membre de l'équipe de Sarian.
Perculio	second de Marvio, connu pour être intelligent et perfide.
Perti	membre de l'équipe de Florilius.
Polona	(système de) et planète habitable.
Polonian	habitants de Polona
Port Gâal	capitale du royaume de Gâal.
Prag	membre de l'équipe de Sarian.

Psykan	humains ayant reçu des glandes psykanes qui amplifient leur potentiel psychique.
Qiotianne	(système de) abritant une planète agricole.
Quirtan	membre du collège des Scientistes.
Randarion	inventeur de la technologie de déplacement par trou de vers, appelé également : transition ou saut quantique.
Randor	navire furtif, au stade de prototype, ayant permis la fuite d'Ishar Verakin.
Raren	membre du collège des Scientistes.
Ravokâan Tâardian	duc, vassal du roi Mâaspec.
Relican	système impérial majeur, base de construction de vaisseaux militaires.
Rliostem	membre de l'équipe de Sarian.
Sarian,	ancien chef de la garde du père d'Ishar.
Sariote 2	croiseur d'attaque embarqué à bord du Bellator.
Scienty	République de Scienty, système refuge des scientistes ayant fui l'Empire.
Sécurité Impériale	unité d'élite de l'empereur.
Seravon	famille majeure de l'Empire, rivale des Verakin.
Sertime	prince marchand sur Polona.
Sertone Prime	planète principale de la famille Seravon.
Sorphir	membre du collège des Scientistes.
Squir	groupe de protection psykan de l'empereur. C'est également un reptile

	très rapide et partiellement intelligent découvert sur Sertone Prime
Squir Prime	aviso rapide embarqué à bord du porte-croiseurs.
Sylphiria	planète mineure de l'Empire connue pour ses épices.
Tâalent	monnaie en vigueur dans le royaume de Gâal.
Tâardian	famille majeure du royaume de Gâal, vassaux de Mâaspec.
Tâargrien Tâardian	fils du duc Ravokâan.
Tar 6	croiseur d'attaque embarqué à bord du Bellator.
Telius	membre de l'équipe de Sarian.
Teraflonis	système solaire dans lequel fut découverte l'unique source d'Arkrit.
Uphrasite	famille majeure de l'Empire.
Utuis Seravon	oncle de Kera 1er.
Varle	membre de l'équipe de Florilius.
Verakin	famille impériale depuis la création de l'Empire jusqu'au putsch des Seravon.
Verakin Ildaran Frîîkr	cri de ralliement des gardes Verakin signifiant leur allégeance à la famille et à l'Empire.
Vernissos	(système de), système solaire détruit par un vaisseau braskyien qui effectua un saut quantique trop près de l'étoile.
Vira	membre de l'équipe de Sarian.

| Virlin | membre de l'équipe de Corvin |

Virlin   membre de l'équipe de Corvin

Waalsynn   membre du collège des Scientistes.

Wimp   acronyme de -Weakly interacting massive particles- ou « particules massives interagissant faiblement ». Les hypothèses scientifiques en font une particule probable de la matière noire.

Wooratoo II   système solaire impérial le plus proche de la Terre.

Xionnes   membre de l'équipe de Sarian.

Yjiis   membre du collège des Scientistes.

Ykel   membre du collège des Scientistes.

Yleb   membre du collège des Scientistes.

Ylten   membre du collège des Scientistes.

Ynair   membre du collège des Scientistes.

Ystor   membre du collège des Scientistes.

Zetarian Alpha   système solaire industriel appartenant à la famille Malezari.

*

Remerciements à tous ceux qui m'ont soutenu dans l'écriture de ce roman et tout particulièremenr ceux qui ont lu les premiers jets et ont apporté leurs idées : Alice, Denis et René. Ils se reconnaîtront ☺